MORD AM STRANDWEG

MIKE POWELZ

Für meine Mutter Anne Powelz

VORBEMERKUNG

Etwaige Ähnlichkeiten mit tatsächlichen Begebenheiten oder lebenden oder verstorbenen Personen und Gebäuden wären rein zufällig. Mehr Infos zur Entstehungsgeschichte dieses Kriminalromans sowie eine Danksagung finden Sie im Nachwort.

Zugegeben, ich bin einsam.
Niemand ruft mich an, jeder übersieht mich und alle haben mich vergessen.
Nur mein Hündchen – ein Dackel namens Günther – freut sich, wenn ich ihn morgens begrüße.
Nach Günthers Gassigang und der ersten Tasse Kaffee greife ich nach meinem Feldstecher, nehme auf meinem Hocker Platz, ziehe die Vorhänge beiseite und beginne mit dem täglichen Ausspionieren meiner Nachbarn.
Bis 12.55 Uhr bin ich pausenlos im Einsatz.
Um 13.00 Uhr bringt der Portier mein Mittagessen, danach geht's noch mal mit Günther nach draußen – und anschließend beginnt meine „Spätschicht".
Ja, dank meines unermüdlichen Eifers und meiner grenzenlosen Neugier weiß ich alles über meine Nachbarn, während sie mich nicht mal kennen.
Ich weiß, dass die Architektin im 3. Stock jedes Jahr am Hafengeburtstag mit demselben Kerl fremdgeht.
Ich weiß, dass die Greisin im Erdgeschoss bereits dreimal bei Supermarktdiebstählen erwischt wurde.
Ich weiß, dass der Journalist im 8. Stock nach seinem Schlaganfall impotent ist.
Ich weiß, wer seine Frau schlägt.
Ich sehe, wer sich aus dem Weg geht.
Ich weiß, wer ein Messie ist.
Ich protokolliere, wer nachts nach Hause schwankt.

Ich weiß, wer momentan verreist ist.
Ich notiere Uhrzeiten, Abwesenheiten, Streitgespräche, Besuche, heimliche Küsse und Liebesschwüre sowie den täglichen Rundgang des Postboten.
Außerdem – und das mögen Sie mir verzeihen – fotografiere ich heimlich Besucher und Lieferanten, belausche Klatsch im Treppenhaus, öffne fremde Briefe und schnüffle täglich einmal im Müllraum. Denn dieser Ort ist die beste Fundgrube für Geheimnisse.
Im Papiercontainer fische ich nach zerrissenen Zetteln, die ich anschließend mit Engelsgeduld zu vertraulichen Arztberichten, Steuererklärungen oder Rechnungen zusammenpuzzele.
Entsorgte Fotoalben studiere ich mit dem wachen Blick einer Amsel.
Und kaputten Computern widme ich so viel Zeit, bis die Festplatten wieder intakt sind und ich alle Dateien rekonstruieren kann.
Wo ich meine Beute aufbewahre?
Sie werden lachen: in Hunderten Ordnern von A bis Z und abschließbaren Aktenschränken.
Wer braucht schon eine Bibliothek, wenn er stattdessen ein Archiv voller spannender Schätze haben kann?
Schätze, die ihren Wert erst dann zeigen, wenn man einen Gefallen braucht ...

Als das Mädchen von gegenüber ermordet wurde, brauchte ich einen solchen Gefallen.
Damals schlürfte ich gerade eine Austernsuppe, als der Schrei der Mutter des Mädchens durch die HafenCity hallte.

Günther ließ sich davon nicht stören, doch ich eilte erregt zum Fenster – angetrieben von der Aussicht, dass mein einsamer Heiligabend eventuell noch aufregend werden würde.

Mit dem Feldstecher konnte ich sehen, dass die Wohnungen im gegenüberliegenden „Vasco da Gama"-Tower größtenteils stockfinster waren – mit einigen Ausnahmen.

Im Erdgeschoss saß der Portier.

Im 8. Stock aßen zwei Lesben Gans mit Rotkohl.

Im 10. Stock überschütteten Helikoptereltern ihr einziges Kind mit unzähligen Geschenken.

Aber die Ursache des Schreis – das verriet mir ein Blick durch mein nagelneues Teleskop – war im 13. Stock des Towers.

Dort, in einem luxuriösen Penthouse, wo es vor einer Viertelstunde ein kleines privates Feuerwerk auf einer Außenterrasse gegeben hatte, feierten mehrere Leute, von denen sich fünf Erwachsene in einem rosafarbenen Schlafzimmer aufhielten.

Einer von ihnen stand in einem Türrahmen, der offenbar zersplittert war.

Der zweite beugte sich über ein Bett mit einem Mädchen.

Der dritte fühlte dessen Puls und schüttelte traurig seinen Kopf.

Außerdem sah ich eine Frau, die schrie und schluchzte und nach der Polizei rief.

Ich wusste genau, wer sie war.

„Barbara König", sagte ich zu Günther.

Günthers Antwort war ein Winseln.

Die Glocken des Michel schlugen achtmal.

„Punkt 20 Uhr", sagte ich zu Günther und griff nach meinem Telefon.

Habe ich Ihnen schon verraten, dass es nützlich ist, wenn man den Müll seiner Nachbarn durchwühlt?
Im Mordfall des Mädchens von gegenüber kam mir die Schnüffelei sehr zugute.
Das Telefon läutete nur einmal, da nahm Priester Woelkchen auch schon ab.
Der alte Mann klang atemlos.
„Woelkchen", prustete er. „Entschuldigung, Priester Woelkchen."
Sein Schnaufen verriet mir, dass er erregt war.
War er vielleicht schon im Begriff, zum Tatort am nächtlichen Strandweg zu eilen?
Denn dass er die Familie des Mädchens gut kannte und eng mit Barbara König war, die sonntags stets zur Kirche ging, wusste ich dank meines Feldstechers.
Bestimmt hatte die gute Seele bereits nach einem Seelsorger verlangt.
Und bestimmt handelte es sich bei dem Mann ihres Vertrauens um keinen Geringeren als Priester Woelkchen, dem sie laut im Müll gelandeten Kopien von Entwürfen ihrer Steuererklärung bereits mehrfach Spenden hatte zukommen lassen.
Ohne Umschweife fragte ich den Priester: „Sind Sie schon auf dem Weg zu Frau König?"
Woelkchen ächzte.
Doch statt mir zu antworten, fragte er nach meinem Namen.
„Der tut nichts zur Sache", entgegnete ich trocken. „Ich brauche bloß einen Gefallen. Ich will, dass Sie mich als ‚Person, die auf seelisches Leid spezialisiert ist' hinschicken – und denken Sie bloß nicht daran, den Hörer aufzulegen. Denn da ist noch eine klitzekleine Sache ..."

In knappen Worten erklärte ich Woelkchen, dass ich dank eines alten, im Müll gelandeten Blackberrys eines Messdieners aus dem 2. Stock wusste, dass Woelkchens Untergebener – ein junger Diakon mit Froschaugen – kürzlich bei „gewissen Tätigkeiten" mit ebenjenem Minderjährigen im Beichtstuhl erwischt worden war und dass Woelkchen höchstpersönlich diesen Skandal abgewendet hatte, indem er den armen Eltern des Jungen einen Scheck über 1000 Euro ausgestellt hatte.
Nun war es an der Zeit, dem Priester zu drohen.
„Wenn Sie nicht machen, was ich will, verrate ich der Presse alles. Sagen Sie Frau König, dass Sie mich zu ihr schicken."
Woelkchen stöhnte. „Aber ich ..."
„Kein Wenn und Aber", fuhr ich ihn an. „Sonst kriegt die Bild-Zeitung gleich eine E-Mail."
Woelkchen verstummte und ich nahm ihn ins Kreuzverhör.
Als ich mit ihm fertig war, wusste ich, dass es sich bei dem zwölfjährigen Mädchen um Elisa König handelte.
Ich erinnerte mich genau an die Kleine ...
Elisa war eine wahre Schönheit, die – dank ihres freundlichen Wesens und ihrer aufgeschlossenen Art – fast jeder Bewohner des Strandwegs gekannt hatte.
„Das arme Mädchen wurde ermordet", keuchte Woelkchen. „Die Eltern fanden es im Bett – erstickt mit einem blauen Kopfkissen. Als hätte es jemand zum Schweigen bringen wollen."
Seltsam – wenn jemand etwas sagt, was du im tiefsten Inneren denkst, ohne es dir bewusst gemacht zu haben, bist du schlagartig hellwach.
Ich legte auf.

Natürlich will ich nicht behaupten, dass ich in jenem Moment bereits die Ereignisse der nächsten Tage vorhersah. Das wäre wirklich übertrieben.
Aber mein Bauchgefühl ließ mich glauben, dass niemand außer mir den Grund für das scheußliche Verbrechen herausfinden konnte – weil ich beobachtet hatte, dass sich Elisa in den letzten Tagen seltsam benommen hatte. Es war, als hatte etwas Bedrückendes auf ihr gelastet.
Ich setzte eine Perücke auf, entschied mich für ein Kassengestell und musterte mein Ebenbild.
Zu meiner Zufriedenheit sah mein Allerweltsgesicht mit der Verkleidung noch öder aus.
Zweifelsohne: Dank Woelkchens Empfehlung als „Person, die auf seelisches Leid spezialisiert ist" und der Tatsache, dass sich niemand mein langweiliges Gesicht merken konnte, würde ich unbehelligt nachforschen können.
„Tschüs, Günther!", sagte ich und eilte nach draußen.

Jetzt ist wahrscheinlich der richtige Zeitpunkt, um Ihnen zu sagen, wo wir uns befinden.
Die Hamburger HafenCity ist ein ziemlich neuer Stadtteil. Sie ist so groß wie 337 Fußballfelder und besteht aus modernen Bauten, die an die Elbe und die Speicherstadt grenzen.
Mit anderen Worten: Sie ist ein Quartier für vermögende Leute.
Leute wie mich, die im Jahr 2010 ein paar Tausend Euro in Bitcoin investiert haben und jetzt Multimilliardäre sind.
Von einem Bruchteil meines Vermögens habe ich mir eine superschicke Wohnung mit dem klangvollen Namen „Touch of Freedom" in einem sechzehngeschossigen

Hochhaus mit dem noch klangvolleren Namen „FiftyFive“ am Strandweg gekauft.
Wer hier lebt, wohnt in einem von vier Wohntürmen, die Namen wie „The Palace“ und „Vasco da Gama“-Tower“ haben.
Immobilienmakler preisen diese Gebäude als „Leuchttürme der Exklusivität“ an.
Und das sind sie wirklich!
Wenn ich auf meinem Balkon im 13. Stock stehe, der meine Wohnung komplett umrundet, blicke ich im Süden auf die Elbe, im Westen auf die Elbphilharmonie, im Norden auf die historische Speicherstadt und im Nordosten direkt auf den Schauplatz des Verbrechens – den sich spiralförmig um seine eigene Mittelachse drehenden „Vasco da Gama“-Tower.
Wer dieses Haus gesehen hat, vergisst es nie wieder.
Denn es sieht aus wie eine bewohnbare Skulptur – oder etwas flapsiger ausgedrückt: wie ein Kebabspieß.
Meine Nachbarn?
Das sind Millionäre, Milliardäre und Multimilliardäre.
Ja, der Strandweg ist das exklusivste Quartier der elitären HafenCity.
Doch obwohl sich mein Leben in diesem Quartier mit dem Dasein einer Perle in einer von den Schrecken der Welt abgeschotteten Muschel vergleichen lässt, gibt es natürlich auch am Strandweg mehr Missgunst als im alten Rom – genau wie in jeder anderen Wohnanlage.
Das Wasser der Elbe schwappt über die Stege, doch welche Kadaver die Fische ernähren, bleibt den Menschen verborgen.

Und was sich hinter den freundlich lächelnden Gesichtern der Bewohner verbirgt, lässt sich oft erst ergründen, wenn es bereits zu spät ist.
Auf dem Weg zum „Vasco da Gama"-Tower rief ich mir ins Gedächtnis, was ich über Familie König wusste.
Wie bereits kurz angedeutet, bewohnt die fünfköpfige Familie das „Kebabspieß"-Penthouse – ein 260 Quadratmeter großes Eigenheim über zwei Etagen, für das Fabrikant König 7,1 Millionen Euro berappt hat.
Nein, um das herauszufinden, musste ich nicht schnüffeln, denn es stand im Internet.
Wie auch immer, Randolph König ist ein fleischiger Mittfünfziger, der mich an den Glatzkopf Kojak erinnert.
Einmal konnte ich nachts sehen, wie er Sex mit seiner blonden, 25 Jahre jüngeren und ausschließlich deprimiert aussehenden Frau Barbara hatte, weil er die Vorhänge nie zuzieht.
Im Gegensatz zu ihm hat ihr der Liebesakt keinen Spaß gemacht, aber weiter gehe ich nicht ins Detail.
Zumindest noch nicht zu diesem Zeitpunkt.
Lächelnd sehe ich Barbara König nur bei seltenen Anlässen – etwa wenn ihr Randolph König, der seinen Reichtum einer Fleischfabrik namens „Fleischesfreuden" verdankt, wieder mal teure Ohrringe mitbringt, weil er in seine Frau vernarrt ist.
Doch ihre Freude wirkt gespielt.
Aufrichtig erfreut ist die junge Frau König lediglich, wenn sie nachmittags etwas Zeit mit ihren Töchtern verbringt, wobei sie die Gesellschaft der Mädchen nicht besonders lange auszuhalten scheint.
Die älteste Tochter heißt ... äh, sorry ... hieß Elisa.

Sie war ein ziemlich hübsches Kind, das die Leute am Strandweg täglich grüßte.
Elisas jüngere Schwester, deren Namen ich nicht kenne, begleitete sie oft.
Der Sohn der Königs ist noch ein Säugling.
Manchmal spaziert eine Kinderfrau mit dem Baby an der Elbe, weil Barbara König fast immer malade ist.
Meistens liegt die junge Frau König müde auf einer Chaiselongue in ihrem Wohnzimmer, von wo aus sie Dampfer wie die „Queen Mary 2“ beobachtet, die den „Kebabspieß“ passieren.
Aber Frau König steht nie auf, um den Passagieren zuzuwinken, die auf dem Schiffsdeck der Dampfer stehen und staunend zum „Kebabspieß“ hochblicken.
Ja, ohne die Kinderfrau, die äußerst patent und äußerst vital ist, würde im Haushalt der Königs nichts gehen.
Die Kinder lieben ihre mütterliche Nanny und auch Frau König schätzt sie sehr.
Wie Randolph König die Kinderfrau findet?
Ach, ich weiß, was Sie jetzt denken – aber damit liegen Sie falsch.
Zwar habe auch ich bereits einige unschöne Gerüchte über den Fleischfabrikanten gehört – etwa dass er neuerdings politische Ambitionen habe –, aber ich kann Ihnen mit Sicherheit sagen, dass er der Kinderfrau nie nachstellt.

Als ich den „Kebabspieß“ erreichte, passierte ich eine Mülltonne, die nach Ruß und Feuer roch.
Sie passte nicht zu dem piekfeinen Wohnturm, weshalb ich kurz innehielt und stutzte.
Denn mich interessiert generell alles, was von der Normalität abweicht.

Weil ich mir jedoch keinen Reim auf die Tonne machen konnte, eilte ich weiter, passierte eine Videoüberwachungsanlage und trat vor die Eingangstür des Towers.
Das Foyer war hell erleuchtet.
Drinnen sah ich einen Portier.
Der gute Mann war kreidebleich.
Er sprach mit einem Polizisten und öffnete mir, kaum dass ich einmal geklingelt hatte, indem er auf einen Summer drückte.
Dann blickte er mich fragend an.
So unauffällig wie möglich und so unaufdringlich wie nötig stellte ich mich als Person vor, die auf seelische Traumata spezialisiert war.
„Ich soll zu Frau König“, nuschelte ich.
Der Portier nickte.
„Einen Moment bitte“, sagte er und bat mich, auf einem Ledersofa zu warten. „Sobald der Kollege Polizist mit seiner Befragung fertig ist, nimmt er Sie mit nach oben.“
Ich befolgte seine Anweisung, starrte zu Boden und faltete meine Hände, weil ich wusste, dass das zu meiner Rolle passte.
Doch statt mich innerlich auf die Tröstung von Frau König vorzubereiten, nahm ich jedes Detail wahr und spitzte obendrein beide Ohren.
„... und Sie waren den ganzen Abend hier?“, fragte der ernst dreinblickende Bulle.
Der Conférencier nickte.
„Gab es heute Abend irgendwelche besonderen Vorkommnisse?“
„Nicht, dass ich wüsste. Ich habe ‚Stirb langsam‘ geschaut und ab und zu Bewohner gegrüßt, die von der Weihnachtsmesse heimkamen.“

Der Polizist machte sich eine Notiz.
„War Familie König auch in der Kirche?"
Der Portier dachte kurz nach.
„Ja, sie kamen um 18 Uhr heim – gemeinsam mit ein paar anderen Leuten. Zwei von denen, das Ehepaar Brockweber, habe ich schon ein paarmal gesehen, aber außerdem waren da noch eine junge Frau und ein Greis in einem Rollstuhl, die ich noch nie gesehen habe."
„Und was geschah dann?"
„Die Königs schenkten mir eine Flasche Champagner. Dann fuhren sie mit dem Lift hoch."
Der Blick des Polizisten wanderte zum Aufzug.
„Hält der Lift direkt in der Wohnung?"
„Ja, er fährt hoch bis zum Penthouse."
Der Polizist sah den Portier scharf an.
„Und danach haben Sie erst wieder von den Königs gehört, als sich die Tragödie abspielte?"
„Ganz genau", sagte der Portier. „Um 20.01 Uhr läutete mein Telefon. Am anderen Ende der Leitung war Herr König, der mir auftrug, sofort einen Rettungswagen zu rufen und die Polizei zu alarmieren und nach Priester Woelkchen zu schicken."
„Hat er Ihnen auch den Grund genannt?"
„Nein", entgegnete der Portier. „Er hat nur geschrien und war kaum zu verstehen."
Der Polizist beugte sich vor.
„Heißt das, in den zwei Stunden zwischen der Ankunft der Familie um 18 Uhr und dem Anruf von Herrn König um 20.01 Uhr ist Ihnen nichts Komisches aufgefallen?"
Der Portier dachte lange nach und schließlich verzog sich seine Miene. „Doch. Um 18.25 Uhr hat sich was Merkwürdiges ereignet. Um diese Zeit gab es direkt vor dem

Tower eine Explosion. Ich eilte nach draußen, sah, dass eine Mülltonne umgefallen war, da irgendjemand Böller in ihr gezündet hatte, holte einen Besen, fegte die Böllerfetzen beiseite, entsorgte den Dreck in der Mülltonne und stellte sie dann wieder auf."

„Also waren Sie doch nicht den ganzen Abend an Ihrem Platz", meinte der Polizist tadelnd und fragte, ob während der Abwesenheit des Pförtners jemand ins Foyer hätte schlüpfen können.

Der Portier wurde puterrot.

Er rang sich ein gequältes „Nein" ab, hielt kurz inne, setzte eine nachdenkliche Miene auf und korrigierte sich schließlich: „Wenn überhaupt, dann wäre das nur fünf Sekunden lang möglich gewesen – denn so lange braucht unsere Tür, bis sie sich öffnet und wieder schließt."

„Verstanden", sagte der Polizist. „Dann würde ich jetzt gern die Bilder der Videoüberwachungsanlage von 18.25 Uhr sehen."

Der Portier nickte schuldbewusst.

Er setzte sich vor einen Monitor, drückte ein paar Knöpfe und spielte mit der Maus seines Computers.

Anschließend starrte er gemeinsam mit dem Polizisten auf den Bildschirm.

„Da sehen Sie's", sagte er unruhig. „Um Punkt 18.25 Uhr hört man die Explosion und hier, um 18.25 Uhr und 30 Sekunden, eile ich nach draußen. Und hier ... um 18.25 Uhr und 33 Sekunden ..."

„... spaziert ein fremder Mann ins Haus", meinte der Polizist triumphierend. „Er geht direkt durch das Foyer, steigt schnurstracks in den Aufzug und fährt unbemerkt nach oben."

Der Conférencier fiel in sich zusammen. „Das habe ich wirklich nicht bemerkt. Das müssen Sie mir glauben. Ich …“

Der Polizist unterbrach ihn barsch. „Kennen Sie den Kerl?“

„Nein“, stotterte der Pförtner. „Der Typ ist ja komplett vermummt.“

„Aber kann ein Fremder überhaupt mit dem Lift in die Wohnung der Königs fahren?“

Der Pförtner schüttelte den Kopf.

„Das geht nur, wenn ich meinen Sicherheitsschlüssel einmal in eine spezielle Türschlossanlage an der Liftseite stecke und anschließend auf den Knopf mit der 13 drücke. Aber meinen Sicherheitsschlüssel“ – der Mann fing sich wieder und deutete erleichtert auf seinen Hosenbund – „habe ich den ganzen Abend bei mir gehabt.“

„Heißt das, wir können ausschließen, dass der Fremde zu den Königs fuhr?“

„Nicht unbedingt“, meinte der Pförtner nachdenklich. „Wenn ihn jemand im 13. Stock erwartet haben sollte, hätte ihn diese Person per Knopfdruck nach oben fahren lassen können. Aber das“ – er atmete erleichtert aus – „wäre dann nicht meine Schuld. Übrigens habe ich den Kerl gesehen, als er um 18.45 Uhr aus dem Lift kam. Doch natürlich nahm ich an, dass er bei jemandem zu Besuch gewesen war.“

„Wie viele Personen sind oben in der Wohnung?“, fragte ich den Polizisten, als wir gemeinsam in den 12. Stock fuhren.

Der Mann blickte auf seinen Notizblock.

„Die Leute waren elf bei Tisch: Herr und Frau König mit ihren drei Kindern, ein befreundetes Ehepaar mit seinem Sohn, Frau Königs Schwester, Herr Königs Vater und die Kinderfrau. Außerdem sind eine extra für diesen Abend gemietete Köchin und ein Kellner anwesend. Genaueres erfahren Sie oben."

Als wir aus dem Lift stiegen, nahm uns die Kinderfrau in Empfang.

Bei Lotte Lehmann handelte es sich um eine mütterliche Frau, die – kaum dass ich im Flur stand – tränenüberströmt auf mich zustürzte, meine Hände ergriff und dabei so sehr zitterte, als ob sie jeden Moment zusammenbrechen würde.

„Gut, dass Sie da sind", schniefte sie. „Frau König steht völlig unter Schock. Wir stehen alle unter Schock. Elisa ist tot! Sie wurde ermordet!"

Die Kinderfrau wischte sich Schleim von der Nase und ich musterte sie: Lotte Lehmann war eine mollige, kerngesund aussehende Frau mit einem herzförmigen Gesicht. Sie duftete nach Apfelstrudel.

Typ Muttchen, dachte ich und fand Lotte Lehmann auf Anhieb sympathisch.

Die arme Seele tat mir leid.

Aber weil Sympathien egal sind, wenn sich ein Verbrechen ereignet hat, wischte ich meine Gefühle zur Seite und bat die Kinderfrau um ein kurzes Update.

Denn natürlich wollte ich wissen, was heute Abend geschehen war.

Die Kinderfrau führte mich in die Küche.

Unterwegs erzählte sie mir, dass die Familie und ihre Freunde im 13. Stock versammelt waren. „Dort müssen sie warten, bis der Kriminaldauerdienst die Spuren im

Kinderzimmer gesichert hat. Hätten Sie gern einen Kaffee? Ich bin gerade unten, um alle zu bedienen."

Ich verneinte und musterte den Schauplatz des Verbrechens.

Im Zentrum des hell erleuchteten Wohnzimmers stand ein riesiger Weihnachtsbaum, unter dem viele Geschenke lagen.

Kein einziges war ausgepackt.

Das bedeutete, dass der Mord zwischen dem Essen und der Bescherung geschehen sein musste, denn neun schmutzige Teller auf einem Tisch verrieten mir, dass die Familie bereits gespeist hatte.

In der Küche standen die Reste: Platten mit Steinbutt und gekochtem Truthahn, ein riesiges Stück Roastbeef, Fleischpasteten, ein Auflauf, jede Menge köstliche Süßigkeiten und Plumpudding.

Außerdem lief die Spülmaschine, worüber ich mich wunderte.

Wurden hier etwa Spuren vernichtet?

Als hätte die Kinderfrau meine Gedanken gelesen, meinte sie zögerlich: „Frau Königs Schwester hat die Maschine angestellt."

Ich nickte ihr zu. „Erzählen Sie mir bitte alles, was heute passiert ist. Und versuchen Sie, sich an jedes Detail zu erinnern. Nur dann kann ich Frau König helfen."

Die Kinderfrau schluckte.

Im Großen und Ganzen bestätigte sie den Bericht des Portiers.

„Nach der Christmette haben wir uns zu Hause eingefunden. Um 18.10 Uhr nahmen wir bei Tisch Platz. Um 18.30 Uhr – wir waren gerade mitten beim Hauptgang – stand plötzlich ein alkoholisierter Mann im Flur."

Sie runzelte die Stirn.
„Zuerst fand ich es seltsam, dass überhaupt ein Fremder bei uns reinspazieren konnte. Dann habe ich ihn genau gemustert, doch ich kannte den Kerl nicht."
„Und was wollte er?"
Die Kinderfrau seufzte. „Er hat ein Weihnachtslied gesungen, aber Herr König hat ihn unterbrochen. Er hat sich furchtbar aufgeregt und schreckliche Dinge zu dem Fremden gesagt. Dann hat der Fremde um Geld gebettelt. Herr König schrie den Bettler an, aber bevor er ihn in Grund und Boden stampfen konnte, ist Derrick Brockweber – das ist Herr Königs bester Freund – dazwischengegangen. Er gab dem Bettler etwas Geld. Dann habe ich ihn zum Lift gebracht. Um 18.40 Uhr war der Mann wieder weg. Und dann wurde Elisa plötzlich schlecht."
Ich horchte auf.
„Dem Mädchen wurde übel?"
„Genau", schluchzte die Kinderfrau. „Wir aßen gerade unser Dessert – zum Nachtisch gab es Plumpudding –, als Elisa auf einmal ganz blau anlief. Das arme Ding bekam keine Luft mehr. Zuerst haben wir alle gedacht, dass sich das arme Mädchen verschluckt hätte, aber Herr Brockweber, der von Beruf Nervenarzt ist, meinte, dass sie einen Allergieschub habe. Er hat Elisa untersucht und ihr etwas gespritzt. Daraufhin ging es ihr etwas besser. Doch weil dem armen Würmchen immer noch übel war, haben wir es ins Bett gepackt und abwechselnd nach Elisa gesehen."
„Wie spät war es da?"
Die Kinderfrau überlegte.
„Der Bettler ging um 18.40 Uhr. Um 18.50 Uhr hat sich Elisa übergeben. Kurz vor sieben haben wir sie zu Bett

gebracht. Um kurz nach sieben hat sich Jeremias Brockweber – das ist der sechzehnjährige Sohn der Freunde der Königs – im Badezimmer eingeschlossen. Er war wegen irgendetwas verärgert. Gegen Viertel nach sieben ist Jeremias wieder aus dem Bad gekommen. Er leistete uns mürrisch Gesellschaft. Um 19.30 Uhr habe ich nach Elisa gesehen. Ich wollte sie holen, weil es vor der Bescherung ein Weihnachtsfeuerwerk auf der Außenterrasse gab."

„Und wie ging es dem Mädchen?"

Die Kinderfrau schluchzte.

„Schon wesentlich besser! Elisa schlief, aber nachdem ich sie aufgeweckt hatte, meinte sie, dass sie noch ein wenig schwach sei und noch mal ein kleines ‚Spuckerchen' gemacht habe. Deshalb wollte sie sich noch dreißig Minuten ausruhen, damit sie um 20 Uhr bei der Bescherung dabei sein konnte. Als ich Elisas Zimmer verließ, begegnete mir im Flur Randolph König, der ebenfalls nach seiner Tochter sehen wollte. Herr König blieb zehn Minuten bei Elisa. Und anschließend gingen wir – mit Ausnahme von Elisa – alle nach draußen zum Feuerwerk."

Die Kinderfrau hielt inne und ihre Stimme begann zu zittern.

„Um 20 Uhr wollten wir mit der Bescherung anfangen. Herr König ging zum Kinderzimmer, um Elisa abzuholen. Doch zu seiner Verwunderung hatte sie sich eingeschlossen."

Ich spitzte die Ohren.

„Ihr Zimmer war verschlossen?"

„Ganz genau", meinte Lotte Lehmann. „Herr König rief laut nach seiner Tochter, doch als er keine Antwort bekam, wurde er nervös und hat sich gegen die Tür geworfen. Danach strömten wir alle ins Zimmer und sahen ..."

Ihre Stimme wurde brüchig.

Sanft tätschelte ich ihre Hand.

„Was haben Sie gesehen, meine Liebe?"

„Elisa war tot", weinte die Kinderfrau. „Sie lag auf dem Rücken. Auf ihrem Gesicht war ein blaues Kopfkissen. Und ihre Hände waren zu Fäusten geballt. Aber das Seltsamste ist, dass ..."

Die Kinderfrau verschluckte sich.

„Ja?", fragte ich aufmunternd. „Was war denn so seltsam?"

Die arme Frau blickte mich an.

Ihr Gesichtsausdruck war völlig verzweifelt.

„Ja?", fragte ich noch mal.

„Was ich gesehen habe", flüsterte Lotte Lehmann, „verstößt gegen sämtliche Regeln der Physik: Das Kinderzimmer war von innen verriegelt worden. Der Schlüssel steckte in der Tür. Und das Fenster zur Terrasse war ebenfalls verschlossen. Seitdem frage ich mich" – ihre Stimme wurde brüchig – „ob das Mädchen von einem Geist getötet wurde. Denn wie sonst ist es erklärbar, dass der Mörder aus einem verschlossenen Zimmer fliehen konnte?"

Sie sah mich völlig ratlos an.

Auf dem Weg nach oben merkte ich mir jedes Detail in der Wohnung der Königs.

Das Penthouse hatte zwei Ebenen.

Im 12. Stock gab es einen Rundumbalkon, eine Küche mit einem fünf Meter langen Marmortisch, ein riesiges Wohnzimmer mit zahlreichen Sitzinseln sowie einen

Kamin und eine breite, nach oben führende und mit zahlreichen Lichterketten geschmückte Treppe.
Im 13. Stock passierte ich eine Sauna, ein Kinder- und ein Elternschlafzimmer sowie zwei Bäder, eine begehbare Garderobe und eine gut bestückte Bibliothek.
In diesem Raum warteten einige Gäste der Königs auf ihr Verhör durch die Polizei.
Vor der Tür des Tatorts – Elisas Kinderzimmer war rosafarben und mit einem Absperrband gesichert – warteten Randolph und Barbara König.
Sie waren in Gesellschaft eines gut aussehenden Blonden und seiner Frau, einer schwarzen Schönheit, deren Akzent mir sofort verriet, dass sie dem Süden der USA entstammte.
Ich musterte die ungleichen Paare.
Aus der Nähe sah der rastlos auf und ab gehende Fabrikant noch fleischiger aus als durch meinen Feldstecher, während seine Gattin regungslos in einem Sessel saß.
Sie trug ein schwarzes Montaigne-Kleid von Gucci, das laut einer Quittung, die ich im Müll gefunden hatte, 2450 Euro gekostet hatte, sowie einen exzentrischen Art-déco-Ohrring, dessen 27 Diamanten bestimmt 20 000 Euro wert waren.
Barbara König starrte ins Leere.
„Ich habe ihr schon ein Mittel gegeben“, sagte der mir unbekannte, circa vierzigjährige Mann, bei dem es sich offensichtlich um den Nervenarzt Dr. Derrick Brockweber handelte.
Der Freund der Königs sah mindestens so verheult aus wie Herr und Frau König, während seine in etwa gleichaltrige Gattin Samantha ihre Fassung bewahrte.
Samantha Brockweber rauchte eine Zigarette.

Ich nickte den Paaren verbindlich zu und stellte mich vor: „Pastor Woelkchen schickt mich."
Nun blickte Barbara König auf.
„Das ist gut", flüsterte sie. „Sie müssen meine Elisa segnen."
„Deshalb bin ich hier", antwortete ich leise. „Und natürlich, um Ihnen zu helfen. Möchten Sie beten?"
Die Mutter des toten Mädchens nickte.
Gestützt von den Männern erhob sie sich aus dem Sessel.
Dann bildeten wir einen Kreis und beteten ein Vaterunser.
Nach dem Gebet verfiel Barbara König wieder in ihren apathischen Zustand.
Im Sessel versunken starrte sie lange ins Leere.
Erst der Auftritt eines Kommissars, der sich durch ein Räuspern bemerkbar machte und anschließend fragte, ob ihm die Königs ein paar Fragen beantworten würden, holte Barbara König zurück in die Wirklichkeit.
Die Fabrikantengattin nickte.
Dann schaute sie mich flehentlich an. „Bitte setzen Sie sich zu mir. Und bitte halten Sie meine Hand."
Das ließ ich mir nicht zweimal sagen, und nachdem sich die Brockwebers verzogen hatten – der Kommissar wollte sie später befragen – spitzte ich beide Ohren.
„Was ist heute Abend passiert?", fragte der Ermittler.
„Elisa ist tot", stöhnte Barbara König.
Der Griff ihrer Hand, die sich weich und kalt anfühlte, verriet mir, dass sich ihr Körper verkrampfte.
Der Kommissar nickte.
„Deswegen bin ich hier, Frau König. Haben Sie eine Idee, wer Ihrer Tochter das angetan hat?"
„Nein", flüsterte die Mutter. „Wir waren die ganze Zeit zusammen!"

„Dann schildern Sie mir bitte ausführlich, was Sie getan haben, bevor Sie Elisa gefunden haben."
Frau König starrte den Mann an.
„Elisa war so aufgeregt. Sie hatte sich so auf Heiligabend gefreut. Denn erstens kam ihre Lieblingstante – meine Schwester Elisabeth – und zweitens hat sie den ganzen Tag gesagt, dass heute Abend was Besonderes passieren werde. Aber ich konnte ja nicht ahnen" – Barbaras Antwort ging in ein Schluchzen über – „dass mein armes Kind sterben würde."
„Was meinte sie damit, dass heute etwas Besonderes passiert?"
„Wahrscheinlich hat sie sich bloß auf die Geschenke gefreut", meinte Randolph König, der seine Hand beschützend auf die Schulter seiner Frau legen wollte.
Doch Barbara König wich zurück.
„Das glaube ich nicht", sagte die Mutter nachdenklich. „Bestimmt war sie so aufgeregt, weil sie heute zum ersten Mal nach dem Unfall wieder unsere Freunde treffen würde – und weil ich ihr gesagt habe, dass die Brockwebers ihr verzeihen."
„Was heißt das?", fragte der Ermittler.
Frau König rang um Fassung.
„Elisa war wochenlang bedrückt, weil es Anfang November einen schlimmen Vorfall gegeben hatte. Haben Sie das nicht in der Presse gelesen? Die schlimme Sache mit der Murmel?"
Der Ermittler überlegte.
Dann hellten sich seine Züge auf, um sich im nächsten Moment wieder zu verdüstern.
„Meinen Sie etwa das Mädchen, das an einer Murmel erstickt ist?"

Frau König nickte bitter.
„Das war die kleine Zoe Brockweber – die zwölfjährige Tochter unserer besten Freunde. Elisa war bei ihr, als das Unglück passierte. Nach dem Tod der kleinen Zoe war unser Mädchen nicht mehr dasselbe. Elisa machte sich schlimme Vorwürfe. Und die Brockwebers waren nicht in der Lage, Elisa in die Augen zu sehen. Unsere Freunde …"
„… waren heute Abend zum ersten Mal wieder unsere Gäste", polterte Randolph. „Und ja, Elisa war aufgeregt, weil sie gehofft hatte, dass sich die Brockwebers ihr gegenüber normal verhalten."
Barbara König stimmte ihm zu.
„Mein armes Kind fühlte sich wie ein ‚böses Mädchen'. Mir gegenüber wollte Elisa nie darüber reden, was am Tag des Unfalls passiert war. Aber ich bin fest überzeugt, dass sie keinerlei Schuld trifft. Denn Jeremias Brockweber – das ist der Sohn unserer besten Freunde – war ebenfalls während des Unfalls anwesend. Und er hat meine Tochter nicht beschuldigt."
Auch ich erinnerte mich gut an den „Unfall".
Laut der Presse war der Vorfall tatsächlich ein tragisches Unglück gewesen.
Angeblich hatte die kleine Zoe „Murmelweitspucken" gespielt.
Doch nachdem sie sich im Beisein eines anderen Mädchens, offenbar Elisa, verschluckt hatte und nicht einmal von ihrem älteren Bruder hatte gerettet werden können, waren die an bunte Kaugummis erinnernden Murmeln aus sämtlichen Kinderzimmern Hamburgs verbannt worden.

Zwei Wochen später war der Vorfall für die Presse vergessen gewesen, während die arme Elisa offenbar traumatisiert gewesen war.
Deshalb hat sie neulich geweint, dachte ich, als mir einfiel, dass ich Elisa erst kürzlich draußen gesehen hatte.
Ich drückte Barbara Königs Hand und hörte zu, was sie nun erzählte.
„Zuerst ist der Abend normal verlaufen. Elisa war wahnsinnig erleichtert, dass die Brockwebers freundlich zu ihr waren. Wir kamen um 18 Uhr aus der Kirche, nahmen um 18.10 Uhr bei Tisch Platz und verzehrten den Hauptgang. Elisa und unsere jüngere Tochter Dascha waren aufgeregt, weil sie die Bescherung kaum abwarten konnten. Aber bevor wir das Mahl beenden konnten, ereignete sich plötzlich ein Vorfall."
Der Kripobeamte blickte auf. „Was ist denn passiert?"
Barbara öffnete den Mund, doch Randolph König schnitt ihr das Wort ab.
„Um halb sieben stand plötzlich ein Fremder im Flur! Ich habe sofort erkannt, dass es sich dabei um einen Bettler handelte. Der Kerl stank nach Fusel und er war so dreist, ein Weihnachtslied zu singen. Das müssen Sie sich mal vorstellen: Da zahlt man monatlich Unmengen von Hausgeld, um den Nichtsnutz von Portier zu finanzieren, und dann lässt der Typ einfach einen Kriminellen ins Penthouse. Ich war völlig außer mir und habe den Typen zusammengestaucht. Aber bevor ich ihn so sehr vertrimmen konnte, dass ihn nicht einmal Hamburgs bester Chirurg hätte zusammenflicken können, ist Derrick Brockweber dazwischengegangen. Er gab dem Bettler ein Almosen und mir einen Beruhigungsschnaps – und danach haben wir weitergegessen."

Barbara König nickte nachdenklich.
„Gegen zwanzig vor sieben gab's Plumpudding. Doch obwohl wir uns darauf geeinigt hatten, dass wir auf den Weihnachtsbrauch verzichten, in einem der Puddings eine Mandel zu verstecken, weil Elisa dagegen allergisch war, war trotzdem eine im Dessert meiner Tochter. Jedenfalls lief Elisa blau an und sie ist beinahe erstickt. Wenn Derrick nicht so umsichtig reagiert und ihr unverzüglich eine Spritze gegeben hätte, wäre sie bestimmt gestorben."
„Genau", wetterte Randolph. „Nach dem Allergieschub haben wir Elisa ins Bett gebracht und abwechselnd nach ihr gesehen. Als ich um 19.35 Uhr bei ihr war, ist sie wach geworden, aber es ging ihr schon wieder viel besser."
Der Kommissar fragte Frau König: „Haben Sie ebenfalls nach Ihrer Tochter gesehen?"
Barbara schüttelte den Kopf. „Ich war den ganzen Tag malade und etwas wacklig auf den Beinen."
„Aber waren Sie während des Feuerwerks die ganze Zeit draußen?"
Frau König überlegte.
„Ich bin mal kurz ins Wohnzimmer gegangen, um mir einen Schal zu holen. Und Samantha Brockweber war kurz in der Küche. Ansonsten waren wir zusammen."
„Und was geschah dann?"
„Um 20 Uhr ging ich zu Elisas Zimmer, um sie zur Bescherung abzuholen", erinnerte sich Randolph. „Doch ihre Tür war auf einmal verschlossen."
„Mein Mann rief ein paarmal, dass Elisa aufmachen sollte", ergänzte Barbara. „Aber weil unsere Tochter ihm nicht antwortete und wir bereits unruhig wurden, meinte meine Schwester, dass Randolph die Tür aufbrechen sollte – und mein Mann warf sich heftig dagegen."

Der Kommissar musterte Herrn König und ich konnte mir gut vorstellen, dass er überlegte, ob der fleischige Fabrikant die Tür beim ersten Zusammenprall seines Körpers mit dem Holz hatte aufsprengen können.
In nächsten Moment bekam er die Antwort.
„Ich warf mich dreimal gegen die Tür, bis sie endlich aufsprang", keuchte Randolph. „Als der Rahmen zersplitterte, bemerkte ich als Erstes ein blaues Kopfkissen auf Elisas Gesicht. Ich habe es sofort von ihr heruntergerissen und dann gesehen, dass meine Tochter tot war."
„Und Sie, Frau König?", fragte der Ermittler.
Barbara stöhnte.
„Ich kam nach meinem Mann ins Zimmer – gemeinsam mit den Brockwebers und meiner Schwester. Randolph rief mir zu, dass ich nicht hinsehen sollte, doch es war bereits zu spät. Elisa sah so schrecklich aus! Zum Glück hat mich Lotte Lehmann aufgefangen und ich glaube, ich habe geschrien – und dann sah ich noch, dass das Zimmer zerwühlt war. Überall lagen umgeworfene Sachen, als hätte es einen Kampf gegeben."
Der Kommissar nickte.
„Das sehen wir genauso. Aber haben Sie nichts vom Kampf Ihrer Tochter mit dem Mörder gehört?"
„Nein", beteuerten die Eltern zeitgleich.
Der Ermittler klappte sein Notizbuch zu.
„Dann habe ich nur noch eine Frage: Wie erklären Sie es sich, dass der Schlüssel zum Kinderzimmer von innen in der Tür steckte und dass das Fenster verschlossen war?"
Herr König wurde dunkelrot.
„Das hat irgendwas mit dem verdammten Bettler zu tun", grunzte der Fabrikant. „Wenn ich den Mann in die Finger bekomme, dann gnade ihm Gott!"

Nachdem Dr. Brockweber Frau König ein Schlafmittel gegeben hatte, redete ich mit dem Arzt und seiner Gattin. Derrick Brockweber war immer noch fertig, während Samantha stabil auf mich wirkte.
Die schwarze Südstaatenschönheit beteuerte, keinen seelischen Beistand zu brauchen, doch ihr Mann wollte sich die Ereignisse unbedingt von der Seele reden.
Die Brockwebers bestätigten im Wesentlichen, was die Königs berichtet hatten.
Doch als das Gespräch auf den Bettler kam, wurde es auf einmal interessant.
„Der Mann tauchte aus dem Nichts auf", erzählte Samantha und ihr Busen bebte vor Empörung. „Ich habe mich schrecklich gefürchtet, weil ich dachte, dass er uns alle totschießt – aber Randolph ist ihm entgegengetreten."
„Aus meiner Sicht war der Mann bloß ein harmloser Bettler", meinte der Doktor.
Ich räusperte mich. „Wie sah er denn aus?"
Derrick legte die Stirn in Falten.
„Er war in etwa eins fünfundachtzig groß und trug eine Kapuze. Ich konnte sein Gesicht nicht sehen."
„Ich schon", wetterte Samantha. „Der Typ hatte einen Blutschwamm auf der Wange. Randolph hat das auch erwähnt."
Derrick blickte sie erstaunt an.
„Tatsächlich? Ich habe gar nicht zugehört, was Randolph alles geschrien hat, weil ich befürchtete, dass er wieder ausrastet und der Bettler im Krankenhaus landet."
„Was hat er denn alles zu dem Fremden gesagt?", fragte ich Samantha – und die ließ sich nicht zweimal bitten.
„Randolph hat geflucht wie ein Rohrspatz! Zuerst hat er den Eindringling einen ‚verdammten Kriminellen'

genannt und ihm dann entgegengeschleudert, dass er ihn erschießen werde, wenn der Kerl sich nicht sofort verpisse. Doch weil der Bettler stattdessen sang, meinte Randolph, dass er ihm gleich so feste in die Eier trete, dass er für immer impotent sein würde. Denn darin sei er Spezialist. Und dann wäre der hässliche Blutschwamm das kleinste Problem dieses ‚menschlichen Abschaums'."

Derrick seufzte, doch Samantha war noch nicht fertig.

„Randolphs Vater hat ihn – trotz seiner Demenz – auch noch angestachelt! Der Alte ist ein Obernazi. Er hat ein Problem mit meiner Hautfarbe. Gut, dass er im Rollstuhl sitzt."

Ich drückte mein Bedauern aus und fragte die Brockwebers nun nach Elisa.

„Stimmt es, dass das Kind nervös war, weil Sie ihm seit Zoes Unfall aus dem Weg gegangen sind?"

„Ja", meinte Dr. Brockweber traurig. „Aber ich war dem Mädchen nicht böse. Elisa konnte nichts für den Unfall."

Samantha schüttelte den Kopf.

„Das sehe ich anders. Schließlich hat sie die Murmeln mitgebracht. Das hat Ihnen Barbara bestimmt verschwiegen und Ihnen stattdessen die arme, kranke Frau vorgespielt!"

Derrick legte seinen Arm um Samantha.

„Du weißt doch, dass Barbara kränklich ist. Wir müssen Rücksicht auf sie nehmen."

„Unfug, Derrick! Barbara gefällt sich als leidende Kranke, weil sich dann alles um sie dreht und Randolph sich noch mehr um sie kümmert. Hast du nicht bemerkt, dass sie sich nicht mal bedankt hat, als er ihr heute Abend Ohrringe aus Weißgold geschenkt hat? Die haben achtzehn Karat und sind mit Diamanten besetzt. Wenn ich an

Randolphs Stelle gewesen wäre, hätte ich sie ihr wieder weggenommen."
Sie rümpfte die Nase und beschimpfte Derrick: „Typisch Männer! Du läufst ihr ebenfalls hinterher. Reicht es nicht, dass du ihr dauernd dein Ohr leihst? Bin ich etwa die Einzige, die nicht auf ihre Masche reinfällt? Ich bin nur wegen Elisa gekommen."
Samantha kühlte wieder ab und griff nach Derricks Hand. „Sorry, Schatz, das musste mal raus. Mir tut es ebenfalls leid um das Mädchen."
Dr. Brockweber schniefte laut und seine Frau strich über sein Haar.
Ihre liebevolle Geste berührte mich.
„Elisas Tod hat meinen Mann so fertiggemacht, dass er selbst ein Beruhigungsmittel brauchte", flüsterte Samantha. „Sind wir jetzt fertig?"
„Sofort! Aber lassen Sie uns noch mal kurz über den weiteren Ablauf des Abends reden. Was passierte nach dem Auftritt des Bettlers?"
„Wir setzten uns wieder", sagte Derrick Brockweber, „aber die Stimmung war im Keller."
„Stimmt", meinte Samantha. „Und dann wurde Elisa schlecht. Derrick hat sich um sie gekümmert. Und Frau Königs Schwester hat ihm dabei geholfen."
Ich runzelte die Brauen und Derrick, der meine Verwunderung bemerkte, beeilte sich, mir zu erklären, dass Elisabeth Schneider Medizin studierte.
„Ich kenne Frau Schneider von meinen Vorlesungen an der Uni. Sie wird mal eine tolle Ärztin. Elisabeth hat als Erste gesehen, dass ihre Nichte auf einmal blau anlief. Sie hat die Kleine sofort beruhigt und ich habe ihr ein

Antihistaminikum und ein Kortisonpräparat gespritzt. Danach ging es wieder, doch das Kind wollte ins Bett."
„Doch wogegen war Elisa überhaupt allergisch?"
Derrick zuckte mit den Schultern. „Vielleicht war versehentlich eine Mandel im Pudding."
„Und was geschah danach?"
„Wir haben uns alle wieder gesetzt und abwechselnd nach Elisa gesehen."
„War jeder von Ihnen bei dem Mädchen?"
Dr. Brockweber wippte mit den Füßen. „Nein. Der Greis im Rollstuhl und Barbara König und unser Jeremias haben nicht nach Elisa König gesehen."
„Aber warum nicht?"
Samantha Brockweber lachte verlegen.
„Jeremias war bockig. Typisch Teenager! Nach dem Vorfall mit dem Pudding hat er sich im Bad eingeschlossen und ist zehn Minuten darin geblieben. Und zuvor hatte er irgendwas Komisches gemurmelt, als der Bettler ins Penthouse kam. Aber ich weiß nicht mehr, was er gesagt hat."
„Ich schon", entgegnete Derrick. „Ich erinnere mich sogar ganz genau an seine Worte. Jeremias starrte den Bettler an und murmelte: ‚Irgendwie habe ich das Gefühl, als ob ich das schon mal erlebt hätte.' Fünf Minuten später hat er dann was von einer Perücke gefaselt und wirkte auf einmal ziemlich wütend. Und dann hat er sich mit dem Handy im Bad eingeschlossen."
„Können Sie sich einen Reim darauf machen?"
Die Brockwebers schüttelten den Kopf. „Er ist halt ein Teenie. Sie wissen schon: sechzehn! In dem Alter leidet man ständig unter Stimmungsschwankungen. Als Jeremias aus dem Bad kam, war er wieder der Alte."

„Aber hat Ihr Sohn jemals über den Unfall mit seiner Schwester geredet? Er war doch dabei, als das Unglück passierte."
Samantha massierte ihre Schläfen.
„Nein, in diesem Punkt macht Jerry dicht. Nach dem Vorfall hat er kein Wort mehr mit Elisa gesprochen."
Ich nickte den Brockwebers freundlich zu. „Dann rede ich gleich mal mit Ihrem Jerry. Doch vorher habe ich noch eine Frage: Welchen Eindruck hatten Sie von Elisa, als Sie in ihrem Zimmer waren?"
Dr. Brockweber dachte nach.
„Ich war als Erster bei dem Mädchen. Das war wahrscheinlich um 19.05 Uhr. Die Kleine schlief, doch als ich eintrat, ist sie sofort wach geworden. Elisa ging's schon deutlich besser. Anschließend habe ich an die Tür des gegenüberliegenden Badezimmers geklopft, doch Jerry hat nicht reagiert. Deshalb ging ich zurück zu Tisch."
„Und Sie, Frau Brockweber?"
Samantha grübelte.
„Ich ging um 19.10 Uhr zu Elisa. Als ich eintrat, hat sie ebenfalls geschlafen. Ich habe sie geweckt, in die Arme genommen und ihr gesagt, dass wir sie lieb haben. Anschließend habe auch ich an die Tür des Badezimmers geklopft und Jerry hat mir sofort geöffnet. Wir sind dann zusammen zurückgegangen."
„Und was geschah danach?"
„Wir haben eine Flasche Champagner geöffnet, miteinander angestoßen und gingen um Viertel vor acht zur Terrasse. Denn Randolph machte ein Feuerwerk."
„Waren Sie die ganze Zeit draußen?"
Samantha verneinte.

„Ich bin mal kurz in die Küche gegangen, um mir Champagner nachzuschenken. Dabei habe ich Barbara gesehen, die sich gerade einen Schal holte. Außerdem war Elisabeth Schneider in der Küche. Ja ... wenn ich jetzt darüber nachdenke, finde ich es doch ziemlich merkwürdig, dass Elisabeth den Tisch abgedeckt hat. Als sie mich sah, war sie ziemlich verlegen – wahrscheinlich weil ihr ihr Sauberkeitsfimmel peinlich war."
„Ganz bestimmt", entgegnete ich freundlich. „Und wie haben Sie entdeckt, dass Elisa tot war?"
„Ich glaube, das hat Randolph bemerkt", überlegte Derrick. „Ja ... genau ... auf einmal hat er laut gerufen, dass die Tür verriegelt war. Wir gingen dann alle zum Kinderzimmer und Randolph hat die Tür gesprengt. Als wir eintraten, sahen wir sofort, was passiert war. Randolph riss das Kissen von Elisas Kopf herunter, woraufhin Elisabeth und ich das Mädchen wiederbeleben wollten. Aber es war bereits zu spät."
„Deckt sich das mit Ihrer Wahrnehmung, Frau Brockweber?"
Samantha nickte.
„Die Situation war einfach furchtbar. Barbara ist beinahe zusammengeklappt, aber Lotte Lehmann konnte sie im letzten Moment auffangen. Ich habe Jerry beiseitegezogen, weil ich nicht wollte, dass er das sieht. Wir sind dann zusammen in die Küche gegangen – wo die Spülmaschine lief. Und kurz darauf kamen auch schon die Bullen ... sorry, ich meine: die Polizei."
„Ich verstehe", sagte ich leise. „Aber haben Sie eine Idee, wie es der Mörder angestellt hat, das Kinderzimmer von innen zu verriegeln und trotzdem zu entkommen?"
Samantha sah mir in die Augen.

„Vielleicht war es ein Zaubertrick."

Nach dem Gespräch mit den Brockwebers machte ich mich auf die Suche nach Jeremias.
Ich fand den Teenager im Bad.
Jerry saß auf der Fensterbank.
Der Junge war so mit seinem Smartphone beschäftigt, dass er mich gar nicht bemerkte.
Ich musterte ihn lange.
Der Sohn der Brockwebers war ein Afrodeutscher.
Er hatte den dunklen Teint seiner Mutter, Derricks blonde Mähne, schlürfte ein Bier und trug eine Sonnenbrille.
Als ich mich räusperte, blickte er kurz auf, starrte wieder auf sein Handy und ignorierte mich eiskalt.
Ich trat entschlossen ins Badezimmer.
„Wie geht's dir, Jeremias?"
Der Teenager grunzte.
„Können wir kurz reden?"
Jerry schüttelte den Kopf. „Ich bin gerade beschäftigt."
Sein abweisendes Verhalten verriet mir, dass er nicht leicht zu knacken war, aber bisher war ich noch immer mit Typen wie Jerry fertiggeworden.
Ich musste ihn bloß aus der Reserve locken ...
„Die Polizei verdächtigt dich", sagte ich und beobachtete seine Reaktion.
Der Junge sah auf.
„Wieso das denn?", fragte er.
Nun galt es zu lügen.
„Ich habe gehört, dass die Polizei glaubt, dass du irgendwie in die Sache mit dem toten Mädchen verstrickt bist, weil du dich hier eingeschlossen hattest."
Jerry grunzte.

„Das hatte gar nichts zu bedeuten."
„Außerdem nehmen sie an, dass du den Bettler ins Haus gelassen hast."
Der Junge nahm seine Sonnenbrille ab und ich sah, dass seine blauen Augen funkelten.
„Das haben sie gesagt? Dann ticken sie nicht richtig! Ich habe den Kerl doch überhaupt nicht gekannt."
„Und dennoch sollst du gesagt haben, dass du das Gefühl hattest, die Situation mit dem Bettler schon mal erlebt zu haben."
Jerrys Miene verzog sich: „Nun ... das stimmt wirklich."
„Wo hast du den Mann denn schon mal gesehen?"
Der Junge überlegte.
„Hm, das ist schwer zu beschreiben. Gegen 18 Uhr saßen wir beim Essen und ich hab' nebenbei gechattet. Dann hörte ich plötzlich, dass irgendjemand ‚Raus!' rief. Als ich hochguckte, stand der fremde Kerl im Flur – und wie ich ihn so anschaute, fiel mir ein Gedicht ein, das wir neulich im Deutschunterricht hatten."
„Welches Gedicht?", fragte ich.
Jerry rezitierte: „Es ist ein Déjà-vu. Es täuscht deine Erinnerungen. Es verwandelt dich, du weißt nicht mehr, ob Realität oder nicht. Visionen, sie vermehren sich. Es ist ein Déjà, Déjà-vu."
„Weißt du überhaupt, was das bedeutet?"
„Klar, ein Déjà-vu ist eine Erinnerungstäuschung. Am besten kann man das so beschreiben: Während man eine Sache erlebt, glaubt man plötzlich, dass man weiß, was als Nächstes passiert. Aber bevor man es den anderen Leuten sagen kann, passiert die Vorhersehung tatsächlich. Nach ein paar Sekunden ist wieder alles so wie vorher und man kann sich an nichts mehr erinnern."

Der Junge imponierte mir.
Er brachte genau auf den Punkt, was ich unter einem Déjà-vu verstand.
„Jetzt noch mal langsam“, sagte ich. „An was hat dich der Bettler erinnert?“
Der Teenie blickte verzweifelt drein: „Es liegt mir irgendwie auf der Zunge ... aber ich komme einfach nicht drauf.“
„Schon gut. Und wie ging es weiter?“
„Onkel Randy ist ausgetickt. Er hat den Fremden stabil gedisst. Er wollte ihm in die Eier treten. Er meinte, dass er seine Feinde schon ein paarmal so ausgeknockt habe. Und dass der Kerl anschließend nie mehr würde vögeln können.“
Das deckte sich mit Samanthas Beschreibung.
Der Junge fuhr fort: „Als der Bettler weg war, hat Elisa plötzlich komisch geröchelt. Daddy und Liz haben der Kleinen geholfen und sie danach ins Bett gesteckt.“
„Aber weshalb hast du was von einer Perücke gefaselt und dich um 19 Uhr im Bad eingeschlossen?“
Jerry errötete. „Das geht keinen was an.“
„Konntest du im Badezimmer hören, wer gegenüber zu Elisa ging?“
Der Teenie überlegte.
„Ja, gegen 19.05 Uhr war Papa bei Elisa. Und fünf Minuten später meine Mutter.“
„Aber bist du ebenfalls heimlich zu dem Mädchen gegangen?“
Der Junge schüttelte den Kopf. „Ich war nicht bei Elisa.“
Listig meinte ich: „Du kannst mir ruhig die Wahrheit sagen. Es wäre nur allzu verständlich – schließlich hattest du bestimmt eine unglaubliche Wut auf Elisa, nachdem

sie deiner kleinen Schwester eine Murmel gegeben hatte, an der Zoe erstickt ist."
Der Junge schüttelte den Kopf.
Dann nahm er einen großen Schluck Bier und setzte die Sonnenbrille wieder auf.
„Willst du nicht darüber reden?"
Der Teenager schwieg.
„Gut", seufzte ich und versuchte es mit einer Fangfrage: „Aber was, wenn ich dir sagen würde, dass jemand behauptet, dich in Elisas Zimmer gesehen zu haben?"
„Dann lügt diese Person! Hat Liz das gesagt?"
„Vielleicht war es so", log ich. „Hätte sie dich denn sehen können?"
„Nein!"
Jerry schrie so laut, dass ich ihm beinahe glaubte.
Doch weil ich ihn endlich aus der Reserve gelockt hatte, stellte ich ihm direkt noch eine zweite Fangfrage: „Stimmt es, dass du während des Feuerwerks ins Haus gegangen bist?"
Jerry errötete. „Das war nur, weil ich meine Kopfhörer im Bad vergessen hatte."
„Ist dir drinnen irgendjemand begegnet?"
„Nein", meinte Jerry. „Da war niemand außer dem Alten – Sie wissen schon: Randys verrücktem Nazivater. Der war im Flur vorm Kinderzimmer und hat sich beide Ohren zugehalten – angeblich, weil er das Feuerwerk schlimm fand. Doch ich habe ihn wieder nach draußen geschoben. Denn der Alte ist einfach ätzend und ich fand, dass er ruhig ein bisschen leiden sollte."
„Nachvollziehbar", seufzte ich. „Aber wer hat wohl die schlimme Sache mit dem Kopfkissen gemacht?"
Der Junge dachte lange nach.

„Tante Babs würde so was nie tun, schließlich war Elisa ihr Kind. Und Onkel Randy ebenfalls nicht. Tante Lotte traue ich das auch nicht zu, weil sie sich schon um Elisa gekümmert hat, als die noch ein kleines Baby war. Und Mama und Papa haben Elisa total gern."
„Und Elisabeth Schneider?"
„Liz? Nee, das glaube ich auch nicht. Ich tippe auf den Alten im Rollstuhl. Vielleicht kann der ätzende Nazi ja laufen und spielt uns dreist was vor – Sie sollten mal Dascha König fragen. Elisas kleine Schwester will später Detektivin werden. Vielleicht hat sie ja was gesehen."

Auf dem Weg zu Dascha König, deren Geplapper ich in ihrem Kinderzimmer hörte, kam mir Elisabeth Schneider entgegen.
Liz hatte klassische Gesichtszüge, ein sympathisches Lächeln und wie ihre ältere Schwester war auch sie als attraktiv zu bezeichnen.
Doch anders als Barbara wirkte Liz nicht verweichlicht und nach dem Austausch einiger Floskeln wusste ich, welchen Typ Frau ich vor mir hatte: Liz war lebenslustig, scharfsinnig und analytisch – ja, sie würde bestimmt eine „tolle Ärztin" werden.
Liz erklärte mir selbstsicher, dass sie keinen seelischen Beistand brauche.
Aber sie nickte trotzdem freundlich, als ich ihr erklärte, dass Traumata meistens später kämen und sie mir alles erzählen sollte.
„Abgemacht", seufzte Liz und nippte an einem Becher mit Kaffee.

Als mein Blick auf ihr Getränk fiel, meinte sie, dass sie wach bleiben wolle. „Falls mich Barbara braucht, will ich für sie da sein."
„Wie muss man sich Ihr Verhältnis vorstellen?", fragte ich.
Liz lehnte sich zurück.
„Wir sind nicht nur Schwestern, sondern auch Freundinnen – wahrscheinlich weil wir beide fast gleich alt sind. Barbara ist 32, ich 29. Es gibt so viel, was uns verbindet. Elisa ist ein Teil davon. Ich bin ihre Patentante."
Liz wischte sich eine Träne aus den Augen und ich nickte verständnisvoll.
„Bevor ich zu Elisa komme, möchte ich zuerst über Ihre Schwester reden. War Barbara schon immer so kränklich?"
Die junge Frau schüttelte den Kopf.
„Im Gegenteil! Bevor Barbara Randolph geheiratet hat, war sie genauso lebenslustig wie ich. Sie hatte eine Menge Verehrer und hätte jeden Mann haben können. Randolph war nur einer von vielen und sie hielt ihn sich vom Leib. Denn es gab einen Mann, dem sie besonders zugetan war."
„Tatsächlich? Und wer war das?"
„Darüber möchte ich nicht reden. Aber ich hatte das Gefühl, als ob es etwas Festes daraus werden würde. Deshalb war ich auch umso erstaunter, als Barbara plötzlich ..."
Sie starrte in ihre Kaffeetasse und hielt inne.
„Ja?", fragte ich behutsam.
„Ehrlich gesagt, war ich baff, als sie Randolph heiratete."
„Warum hat Sie das so erstaunt?"
„Weil ich nie damit gerechnet hätte. Ich habe mir damals den Kopf zerbrochen und bin schließlich zu der Erkenntnis gekommen, dass ich Barbara wohl doch nicht so gut

kannte, wie ich geglaubt hatte – und dass wir auf andere Männertypen stehen."

„Welchen Typ Mann bevorzugen Sie denn?"

Liz errötete. „Nächste Frage!"

„Dann kommen wir jetzt zu Elisa. Sie sind also ihre Patentante?"

Die junge Frau nickte.

„Stimmt genau. Als mich Barbara damals gefragt hat, habe ich sofort Ja gesagt. Denn Barbaras Schwangerschaft war schwierig und sie hatte viel Kraft verloren. Damals begann meine Schwester zu kränkeln. Deshalb hielt ich es für eine gute Idee, dass ich viel Zeit mit Elisa verbringe. Schließlich war ich damals erst siebzehn und hatte jeden Nachmittag Zeit."

Ich hakte nach: „Heißt das, Barbara litt unter einer hormonellen Umstellung?"

Liz verneinte: „So würde ich das nicht bezeichnen. Nein, Barbara war eher verstimmt. Doch zum Glück gab's damals schon Lotte. Die hat meiner Schwester das Kind abgenommen."

„Wo hat Ihre Schwester Frau Lehmann kennengelernt?"

„Sie wurde ihr von einer Agentur empfohlen. Lotte ist ein Schatz. Ohne ihre Unterstützung hätte Barbara die folgenden Jahre – damit meine ich Daschas und Leons Geburt – wohl nicht so gut überstanden."

„Ich verstehe", sagte ich. „Aber glauben Sie, dass Ihre Schwester Randolph liebt?"

Liz zuckte mit den Schultern.

„Auf jeden Fall liebt sie sein Geld. Es war ihre Idee, dieses Penthouse zu kaufen. Randy wäre lieber in der Bleickenallee in seiner Stadtvilla geblieben."

Diesen Aspekt fand ich interessant und erkundigte mich als Nächstes nach den mysteriösen Umständen von Elisas Tod.
„Was ist Ihnen aufgefallen, Liz?"
Liz überlegte keine Sekunde und sie erwies sich als perfekte Zeugin.
„Ich bin bereits gestern Abend gekommen und habe in einem Gästebett bei Elisa geschlafen."
„Tatsächlich?", fragte ich erstaunt. „Aus welchem Grund?"
„Ganz einfach", lächelte die Frau. „Nach dem Vorfall mit der kleinen Zoe ging es Elisa wochenlang schlecht. Aber gestern Vormittag hat sie mich angerufen und mich gebeten, einen Tag früher anzureisen und ihr beizustehen, weil sie aufgeregt war, da sie auf Derrick und Samantha treffen würde."
„Doch welchen Eindruck hat Ihre Nichte auf Sie gemacht, als Sie gestern Abend bei ihr waren?"
Liz' Augen leuchteten.
„Elisa war in bester Stimmung. Als ich mit ihr alleine war, meinte sie, dass alles wieder gut werde. Und dass heute Abend etwas Tolles passieren werde."
„Was hat sie damit gemeint?"
Liz' Miene wurde ausdruckslos.
„Keine Ahnung! Ich habe es auf ihre Aufregung geschoben. Schließlich ist Weihnachten."
Die Frau schenkte sich Kaffee nach.
„Heute Vormittag wollte Elisa unbedingt zum Winterdom – Sie wissen schon: zu der Kirmes auf dem Heiligengeistfeld. Dascha hat sich uns angeschlossen. Auf dem Dom sind wir Riesenrad und Achterbahn gefahren und haben Luftballons und Lose gekauft. Dabei hat Elisa" – die Patentante schluckte – „den Hauptgewinn gezogen

und das blaue Kissen gewonnen. Sie wissen schon: DAS verdammte blaue Kissen."
Ich reichte Liz ein Taschentuch und sie trocknete ihre Tränen.
Als sie sich wieder gefangen hatte, fuhr sie fort.
„Nachmittags waren wir alle in der Kirche – gemeinsam mit den Brockwebers. Zoes Eltern waren reizend zu Elisa. Gegen 18 Uhr kehrten wir heim, nahmen bei Tisch Platz und ich legte letzte Hand an den Plumpudding. Denn den hatte sich Elisa gewünscht und sie wollte unbedingt, dass ich ihn für sie mache."
„Wann hatten Sie damit begonnen?"
„Mittags – sofort nach unserer Rückkehr vom Winterdom."
„Aber wussten Sie, dass Elisa keine Mandeln essen durfte?"
Liz hob ihre Brauen.
„Natürlich! Im Pudding waren keine Mandeln."
„Was taten Sie anschließend?"
„Ich setzte mich an den gedeckten Tisch und wir haben gegessen. Kurz darauf meinte Elisa noch mal, dass gleich was Tolles passieren werde. Niemand wusste, was sie damit meinte, aber im Nachhinein frage ich mich, ob sie damit auf den Bettler anspielte."
Ich beugte mich vor und schaute Liz in die Augen.
„Wie haben Sie den Auftritt des Unbekannten empfunden?"
Liz seufzte.
„Hach, Randolph hat tierisch übertrieben und sein Vater hat ihn auch noch aufgehetzt. Klar ist der Bettler bei uns eingebrochen und natürlich war es nicht sein Recht. Aber bestimmt war sein Erscheinen bloß purer Zufall. Ich bin

mir ziemlich sicher, dass er durchs ganze Haus gestreift ist und zuletzt irgendwie bei uns landete."
„Kannten Sie den Mann?"
Liz schüttelte den blonden Kopf. „Nein. Und ich konnte ihn auch gar nicht richtig sehen. Denn nachdem die Männer sofort aufgesprungen waren, um der armen Lotte beizustehen, die gerade durch den Flur ging, als der Bettler auftauchte, befanden wir Frauen uns hinter ihnen."
„Standen die Schälchen mit dem Plumpudding zu diesem Zeitpunkt schon auf dem Tisch?"
Liz überlegte.
„Das weiß ich nicht mehr. Ist das denn wichtig?"
„Nein", antwortete ich mit einem Lächeln und fragte die Frau nun nach Jerrys Reaktion: „Haben Sie mitbekommen, dass der Junge gesagt hat, dass ihm die Situation mit dem Bettler irgendwie bekannt vorkam?"
Die Patentante dachte nach.
„Ja, er hat was gemurmelt – aber ich konnte mir keinen Reim darauf machen."
„Und wie haben Sie es gedeutet, als er was von einer Perücke faselte?"
Liz schaute mich irritiert an. „Hat er das? Das habe ich leider nicht gehört."
„Macht nichts", entgegnete ich. „Was ist als Nächstes bei Tisch passiert?"
„Elisa wurde plötzlich schlecht. Ich habe als Erste gehört, dass sie röchelte, und Derrick angeschrien, dass wir sofort was machen müssen. Er spritzte Elisa daraufhin ein Antihistaminikum und ein Kortisonpräparat, während ich die Kleine beruhigte. Und tatsächlich hat sich ihr Zustand sofort wieder gebessert. Doch natürlich musste Elisa sich erst mal ein wenig von den Strapazen erholen

und ist deshalb zu Bett gegangen. Wir wollten sie nach dem Feuerwerk holen."
„Darf ich Sie fragen, auf welchen medizinischen Bereich Sie sich spezialisieren wollen?"
Die Patentante nickte. „Auf Tropenmedizin und auf die Erforschung seltener Gifte. Ich bin bereits im letzten Semester."
„Und was denken Sie über Dr. Brockweber?"
„Derrick? Dass er ein ziemlich guter Nervenarzt ist. Und ein noch besserer Lehrer. Er versteht so viel von Krankheiten und von Symptomen und seltenen Leiden. Seine Vorlesungen sind die besten."
Ich lächelte Liz zu. „Nach Elisas Anfall hat sich Jerry Brockweber im Bad eingeschlossen. Kennen Sie den Grund?"
Die junge Frau verneinte.
„Und wann haben Sie nach Ihrem Patenkind gesehen?"
„Um 19.20 Uhr."
Die Antwort kam wie aus der Pistole geschossen und erneut erwies sich Liz als glänzende Zeugin: „Um 18.30 Uhr stand der Hausierer in der Wohnung. Um 18.40 Uhr haben ihn Derrick und Lotte zum Aufzug begleitet. Um 18.50 Uhr ist Elisa schlecht geworden. Um 18.55 Uhr haben wir sie ins Bett gesteckt. Um 19.00 Uhr hat sich Jerry im Bad eingeschlossen. Um 19.05 Uhr war Derrick bei Elisa, um 19.10 Uhr Samantha. Sie kam mit Jeremias zurück. Um 19.15 Uhr hat Dascha nach ihrer kranken Schwester gesehen, um 19.20 Uhr war ich bei Elisa. Nach mir ging Lotte zu der Kleinen und zuletzt mein Schwager Randolph."
„Finden Sie es nicht komisch, dass Ihre Schwester nicht nach Elisa gesehen hat?"

Liz zuckte mit den Achseln.
„Nein. Das ist typisch Barbara – die Arme kränkelt immer mehr. Ich sorge mich sehr um meine Schwester."
„Aber welchen Eindruck hat Elisa auf Sie gemacht, als Sie bei ihr waren?"
„Da hat sie geschlafen. Aber als ich Elisa weckte, meinte sie, dass sie sich schon fast wieder erholt habe und beim Feuerwerk dabei sein werde."
„Apropos Feuerwerk", sagte ich leise: „Einer der anderen Leute behauptet, dass Sie während des Feuerwerks drinnen gewesen seien und aufgeräumt hätten. Und dass Sie nach der Entdeckung von Elisas Tod die Puddingschälchen in die Spülmaschine gestellt hätten. Weshalb haben Sie das getan?"
Liz' Blick veränderte sich schlagartig.
Auf einmal sah sie wütend aus.
„Wenn es wirklich so war, muss es wohl eine Übersprunghandlung gewesen sein", meinte sie scharf und blickte zur Seite. „Wahrscheinlich war ich total durcheinander."
Über diese Bemerkung wunderte ich mich sehr, weil sie überhaupt nicht zu dem Eindruck passte, den ich von der analytischen Frau gewonnen hatte.
Als Letztes fragte ich Liz nach den Geschehnissen um 20 Uhr.
„Was haben Sie gesehen, als Randolph die Tür aufbrach und Sie alle in Elisas Zimmer strömten?"
Die Patentante weinte.
„Als Allerersten das blaue Kissen und anschließend Elisas Gesicht. Ich wusste sofort, dass sie tot war, aber natürlich haben Derrick und ich unser Bestes gegeben, um meine kleine Nichte zu retten."

Ihre Stimme zitterte und zum ersten Mal war Liz kaum noch zu verstehen.

„Haben Sie sonst noch was bemerkt?"

Liz stutzte.

„Ja, irgendwas kam mir komisch vor. Ich hatte auf einmal das Gefühl, als ob irgendwas fehlte – irgendein Gegenstand, den ich vorher noch in Elisas Zimmer gesehen hatte. Aber ich komme einfach nicht darauf."

„Denken Sie nach", sagte ich aufgeregt. „Welcher Gegenstand war verschwunden?"

Liz schüttelte den Kopf. „Es fällt mir nicht ein. Tut mir leid."

Die junge Frau erhob sich und ging.

Ich bewunderte ihre Courage.

Elisabeth Schneider war nicht nur analytisch, sondern auch eine glänzende Schauspielerin. Obwohl ihr Handy während unseres zehn Minuten langen Gesprächs pausenlos lautlos in ihrer Overalltasche vibriert hatte, hatte die junge Frau so getan, als ob sie das nicht bemerkt hätte, und sich voll und ganz auf mich konzentriert und mir ihre liebreizendste Seite gezeigt.

Dennoch war mir nicht entgangen, dass sie mich zweimal belogen hatte – und der Grund besorgte mich.

Dascha König trug ihr Herz auf der Zunge.

Schon auf dem Weg zu ihrem Zimmer hörte ich das plappernde Mädchen.

Scheinbar führte es Selbstgespräche.

Ich lugte vorsichtig um die Ecke und sah, dass ich mich geirrt hatte.

Denn Dascha, die mit dem Rücken zu mir auf dem Boden saß, sprach mit einer Babypuppe.

Ich belauschte die Kleine.
„Warum willst du deinen Pudding nicht essen?“, fragte sie ihr Spielzeug und imitierte die Stimme der Puppe: „Weil ich ein Spuckerchen gemacht habe!“
„Aber du musst etwas essen, damit du groß und stark wirst“, rügte Dascha die Puppe. „Deinetwegen ist Mama schon krank. Sieh nur, wie sie leidet. Und deinetwegen wird Papa wieder böse. Als ob wir heute nicht schon genug Ärger mit dem Bettler gehabt hätten. Mach endlich den Mund auf – sonst setzt es was, Clara!“
Das Mädchen hielt der Puppe einen leeren Spielzeuglöffel vor den Mund und war nun offenbar zufrieden, denn es murmelte: „Ja, so ist es brav, iss alles hübsch auf. Es sind auch keine Mandeln drin. Wenn du alles gegessen hast, darfst du dich ein bisschen ausruhen. Ich werde nachher nach dir schauen.“
Ich räusperte mich.
„Was hat die arme Puppe denn?“, fragte ich.
„Clara ist schlecht“, antwortete Dascha und starrte mich an.
Sie war ein blondes Mädchen mit Zöpfen, die sorgfältig geflochten waren.
Doch am auffälligsten war ihr vorwitziger Gesichtsausdruck.
Ja, Dascha erinnerte mich an ein Alpaka.
„Bist du vom Krankenhaus?“, fragte sie.
Ich schüttelte den Kopf. „Nein, ich komme von der Kirche.“
Die Kleine überlegte. „Stimmt es, dass ihr keine Babys machen dürft?“
Ich nickte.

„Dann wäre die Kirche nichts für mich", entgegnete das kecke Kind. „Ich möchte später viele Babys haben. Und ich will Detektivin werden."
„Tatsächlich?", fragte ich interessiert. „So wie der Emil von Erich Kästner?"
Das Kind lachte schrill: „Nee, eher so wie die ‚Pfefferkörner' oder die ‚drei Fragezeichen'. Bist du wegen Elisa hier?"
„Ja", sagte ich und ging in die Hocke.
Die Kleine lachte.
„Du riechst nach Hund! Hast du etwa ein kleines Hündchen? Ich liebe kleine Hündchen!"
„Leider nicht", entgegnete ich und fragte das aufgeweckte Mädchen, ob ich ihm ein paar Fragen stellen dürfe.
„Natürlich", meinte Dascha. „Was willst du denn wissen?"
„Als Erstes würde mich interessieren, was dir Elisa über den Unfall mit der kleinen Zoe gesagt hat."
Dascha zog ihre Brauen hoch und ihr Unterton wurde tadelnd.
„Zoe war doch gar nicht klein! Sie war viel größer als ich, du Dummerchen. Zoe und Elisa waren beide größer als ich, schließlich waren sie schon zwölf. Ich bin sieben. Und mein kleines Brüderchen, Leon, ist gerade erst geboren worden."
„Wie konnte ich das bloß vergessen?", sagte ich mit gespielter Empörung. „Damit hast du natürlich recht. Aber jetzt noch mal zu meiner Frage: Was hat dir deine ältere Schwester über den Unfall von Zoe erzählt?"
Das Mädchen spielte mit seinen Zöpfen.
„Tante Liz hatte mir neue Murmeln geschenkt. Die sahen aus wie Wolkenschleim – du weißt schon: genau wie

Glitzerkaugummis. Ich hatte sie in meiner Kommode versteckt."

„Aber weshalb denn?", fragte ich freundlich.

„Weil mir Elisa immer alles wegnimmt! Doch mein Versteck war nicht gut genug. Elisa hat meine Murmeln gefunden und ist damit rüber zu Zoe gegangen."

„Wie weit wohnt Zoe denn entfernt?"

„Überhaupt nicht weit, du Dummerchen. Es sind bloß ein paar Meter bis zu ihr. Sie wohnt doch direkt am Sandtorhafen – am Kaiserkai."

Diese Info war neu für mich.

Dass die Brockwebers nur einen Katzensprung entfernt lebten und ich von meiner Wohnung aus ihr rund 75 Meter entferntes Haus wahrscheinlich sogar sehen konnte, hatte ich nicht vermutet.

Und auch den Sandtorhafen kannte ich natürlich. Bei diesem zentralen Gewässer in der HafenCity handelte es sich um ein beliebtes Ausflugsziel auf dem Weg zur Elbphilharmonie, schließlich gab es dort mehrere dauerhafte Liegeplätze für historische Schiffe.

„Was haben die Mädchen denn mit den Murmeln gemacht?", fragte ich neugierig.

„Gemurmelt", entgegnete Dascha. „Zoe hat behauptet, dass sie die Murmeln näher an die Wand rollen kann als Elisa. Dieses Spiel nennt sich ‚Fuchsen'."

„Und wer hat gewonnen?"

„Zoe war tatsächlich besser. Aber dann meinte Jeremias, dass sie es doch mal mit Murmelweitspucken probieren könnten. Zoe hat angefangen. Doch leider hat sie" – Dascha schluckte – „die Wolkenschleimmurmel in den Rachen bekommen."

Ich schluckte ebenfalls.

„Das Spiel war also Jerrys Idee?“
„Behauptet Elisa“, meinte Dascha. „Aber ich könnte mir gut vorstellen, dass es in Wirklichkeit ihre Idee war. Denn Elisa hat ziemlich oft gelogen. Und lügen soll man nicht, sagt Papa.“
„In diesem Punkt hat dein Vater recht“, entgegnete ich und fragte, was anschließend passiert war.
„Mama und Papa mussten mit Elisa zur Polizei“, sagte Dascha. „Außerdem waren sie mit ihr bei einer Pschyschologin, weil es Elisa ziemlich schlecht ging. Nachts hat sie manchmal geweint und geschrien und sie konnte nicht mehr schlafen. Außerdem hatte sie Angst vor Jerry – und vor Onkel Derrick und Tante Samantha. Dabei waren die ihr gar nicht böse.“
„Ich verstehe“, sagte ich. „Aber wann ging's deiner Schwester wieder besser?“
„Gestern“, rief Dascha. „Sie hatte sich gefreut, weil Tante Liz kam. Außerdem meinte sie, dass Weihnachten eine Überraschung passiert.“
„Welche Überraschung?“
Dascha zuckte mit den Schultern.
„Keine Ahnung“, erwiderte sie trocken. „Elisa wollte es mir nicht sagen. Aber zur Kirmes durfte ich mit.“
„Wart ihr dort mit eurer Lieblingstante Liz?“
Dascha nickte und die Erinnerung zauberte ihr einen Rotschimmer auf die Wangen.
„Auf der Kirmes sind wir Karussell gefahren – und sogar mit der Geisterbahn. Außerdem hat uns Tante Liz zwei Einhornluftballons gekauft und dann durften wir auch noch Lose ziehen und Elisa hatte Glück. Weißt du, dass sie ein blaues Kopfkissen gewonnen hat? Eins mit dem Dschinni aus ‚Aladdin‘? Das hätte ich auch gern gehabt,

aber sie wollte es mir nicht geben. Und kaufen konnte man leider keins."

Das kleine Mädchen zog eine Schnute und plapperte in einem fort: „Aber Tante Liz meinte, dass sie uns zu Hause einen Plumpudding machen werde, weil wir den doch sooooo lecker finden."

Ich stutzte. „Das war also Liz' Idee?"

Dascha nickte. „Tante Liz ist absolut cool."

„Bist du denn auch gegen Mandeln allergisch?"

Das Mädchen verneinte.

„Okay", entgegnete ich freundlich. „Und was ist nachmittags geschehen, als ihr aus der Kirche kamt?"

Die Augen des kleinen Mädchens strahlten.

„Zuerst haben Elisa und ich die Geschenke unterm Weihnachtsbaum gezählt. Wir hätten sie am liebsten sofort ausgepackt, aber Papa meinte, dass wir bis nach dem Essen warten sollten. Dabei hat er Mama selbst Ohrringe vor der Bescherung gegeben."

„Und danach habt ihr gespeist?"

„Genau", meinte das Mädchen. „Ich hatte gerade von der süßen Kinderbowle getrunken, als Lotte auf einmal gerufen hat, dass sie Hilfe im Flur brauchte. Denn da stand ein fremder Mann! Doch zum Glück hat ihn Papa verscheucht."

„Das ist aber mutig von deinem Papa. Was hat er denn zu dem Mann gesagt?"

„Keine Ahnung", sagte Dascha. „Tante Liz hat mir doch die Ohren zugehalten."

„Hast du den Mann denn schon einmal gesehen?"

Dascha schüttelte den Kopf und wandte sich von mir ab. „Ich will jetzt wieder spielen. Kannst du gehen?"

„Gleich“, meinte ich freundlich. „Du musst mir bloß noch ein paar Sachen verraten. Warum wurde Elisa schlecht?“
Das Mädchen dachte lange nach.
„Wahrscheinlich war's wegen der Mandeln. Schließlich hatte Opa Heini eine Tüte mit Mandelpulver.“
„Dein Großvater hat ...“
„Ja, er hat den Zeigefinger heimlich in eine Tüte mit Mandelpulver gesteckt und ihn dann abgeschleckt“, sagte Dascha empört. „Dabei sollen wir den Finger nicht abschlecken. Das hat uns Lotte beigebracht. Und wir sollen auch nicht an die unteren Schubladen mit den Zutaten gehen. Aber Opa Heini hat es trotzdem getan, als keiner geguckt hat.“
„Wo Lotte recht hat, hat sie recht“, sagte ich, weil mir auf die Schnelle keine bessere Floskel einfiel – und weil mich die Erwähnung des Mandelpulvers elektrisierte.
Rasch stellte ich die nächste Frage.
„Was hat Elisa zu dir gesagt, als du in ihr Zimmer gegangen bist?“
Dascha überlegte.
„Sie hat geschnarcht, aber als ich sie anstupste, ist sie wach geworden. Zuerst habe ich sie gefragt, ob sie ganz sicher zur Bescherung kommt, weil ich Angst hatte, dass ich meine Geschenke sonst nicht auspacken dürfte. Aber sie hat Ja gesagt. Und danach sagte sie erneut, dass es heute noch eine gaaaanz tolle Überraschung gibt.“
Ich fragte Dascha nach der Mordwaffe: „Hast du auch das Kissen von der Kirmes gesehen?“
„Ja“, meinte das Mädchen. „Elisas Kopf lag doch darauf.“
Ich beugte mich vor.
„Was ich dich jetzt frage, ist wirklich wichtig: Was ist passiert, nachdem du Elisa verlassen hast?“

Das Mädchen antwortete wie aus der Pistole geschossen. „Zuerst habe ich die gaaaaanze Kinderbowle getrunken, weil mir Elisa erlaubt hat, ihren Anteil zu haben. Anschließend sind wir nach draußen gegangen und haben Papas Feuerwerk geguckt."
„Waren die Erwachsenen die ganze Zeit dabei?"
„Nein", erinnerte sich Dascha. „Zuerst ist Mama reingegangen, weil ihr kalt war. Dann war Tante Samantha drinnen, weil sie Durst hatte. Und Tante Liz war ebenfalls drinnen, weil sie ein bisschen aufräumen wollte."
„Und die Männer?"
„Jerry musste mal aufs Klo und Opa Heini war's zu laut. Aber Onkel Derrick und Papa waren die ganze Zeit mit mir draußen – bis auf den kurzen Moment, als Onkel Derrick zur anderen Seite des Balkons ging, weil sein Telefon läutete und er dort besseren Handyempfang hatte. Und natürlich ist Papa ebenfalls mal kurz reingegangen, weil er neue Raketen holen wollte. Aber ansonsten waren wir die ganze Zeit zusammen."
Ich ergriff Daschas Hände.
„Hast du gehört, dass es drinnen einen Kampf gab?"
Das Mädchen blickte mich clever an. „Sie meinen bestimmt im Kinderzimmer, oder? Nein, ich habe nichts gehört. Sonst wäre ich Elisa doch zu Hilfe gekommen. Aber als ich mit den Erwachsenen hinging, war meine Schwester leider schon ..."
Dascha kämpfte mit den Tränen.
„Schon gut", entgegnete ich sacht. „Ist dir im Zimmer was aufgefallen?"
„Nur, dass alles kreuz und quer lag und ein paar Sachen umgeworfen waren."
Sie blickte mich spitzbübisch an.

„Darf ich dir auch eine Frage stellen?“
„Natürlich, mein Mädchen“, entgegnete ich und Dascha fragte, was sie am meisten interessierte: „Bekomme ich jetzt das Kissen von der Kirmes?“

Heinrich König schlief tief und fest, als ich ihn im Kaminzimmer fand.
Irgendjemand hatte seinen Rollstuhl so eingestellt, dass der Greis nicht wegrollen konnte.
Ich weckte den Alten und er starrte mich an.
König hatte blassblaue Pupillen, wässrige Augen und schütteres Haar.
Ich schätzte ihn auf mindestens neunzig.
Sein Blick glitt abfällig über mein Outfit, und als er damit fertig war, lächelte er spöttisch.
„Scheißkirche!“, meinte der alte Mann und übersprühte mich mit Speichel.
Ich hielte seinem Blick stand.
„Darf ich Sie was fragen?“
Der Alte nickte. „Aber denken Sie ja nicht, dass ich mit Ihnen bete. Denn ich habe meine Seele schon vor vielen Jahren an die Gegenseite verkauft.“
Sein gemeiner Ausdruck verriet mir, dass er das ernst meinte.
Um ihm zu beweisen, dass ich nicht zu jener Sorte von Menschen gehörte, die andere missionieren wollen, schob ich meine Bibel beiseite – und Heinrich König nickte zufrieden.
„Was wollen Sie denn wissen?“
Ich räusperte mich.
„Wie alt sind Sie, Herr König?“
Der Greis pulte an einem Pickel.

„Achtundneunzig“, sagte er. „Aber immer noch blitzgescheit.“
„Und wo wohnen Sie?“
„Im Augustinum“, grunzte er. „Sie wissen schon: Hamburgs teuerster Seniorenresidenz. Am liebsten hätte ich dort Weihnachten im Kreis von Gleichgesinnten gefeiert, aber Randolph und sein kränkliches Weib wollten mich ja unbedingt an einen Tisch mit der Schwarzen und ihrem Mulattenunkraut setzen. Jetzt weiß mein nichtsnutziger Sohn, was er davon hat.“
„Und das wäre?“, fragte ich.
„Mord und Totschlag“, wetterte Heinrich. „Und den Angriff eines Feindes, der hier heute Abend eingedrungen ist, um unsere blonde Elisa zu töten.“
„Kannten Sie den alkoholisierten Bettler?“
Heinrich König blinzelte listig.
„Natürlich“, entgegnete er trocken. „Das war ein Flüchtling. Aber glauben Sie ja nicht, dass Randolph ihn vertrieben hätte! Nein, mein Sohn war zu feige, dem Blaustrumpf zwischen die Augen zu schießen.“
Er hob seinen Zeigefinger, zielte auf meine Stirn und rief: „Peng – so macht man das! Und jetzt lassen Sie mich in Ruhe. Ich will weiterschlafen!“
Ich nickte freundlich.
„Natürlich, Herr König, ich bin gleich weg. Aber vorher habe ich noch eine Frage: Sind Sie während des Besuchs des Bettlers mit Ihrem Rollstuhl an die Front gerollt, um Randolph beizustehen?“
Zu meiner Verblüffung kicherte der Greis.
„An die Front? Nein, ich bin im Hinterhalt geblieben, um unsere Vorräte zu sichern.“
„Heißt?“

Der Alte gluckste glückselig.
„Ich habe die Gunst der Stunde genutzt, um unbemerkt etwas zu naschen. Denn Sie müssen wissen, dass man mir im Augustinum nichts Süßes gönnt, weil ich angeblich Zucker habe."
Die Erinnerung an den aus Königs Sicht wahrscheinlich schönsten Moment des Abends beglückte den alten Mann so sehr, dass seine Zunge unwillkürlich über seine rissigen Lippen glitt.
König schmatzte. „Merken Sie sich eins: Sünden sind das Beste im Leben."
Ich überlegte.
Das Geständnis des Greises war identisch mit Daschas Schilderung, die ihren Großvater beim Abschlecken von Mandelpulver beobachtet hatte.
„Haben Sie das Tütchen mit den geraspelten Mandeln mit zum Tisch genommen?", fragte ich.
Der Alte verneinte.
„Barbara hat's mir weggenommen und es dann neben sich auf den Tisch gelegt. Aber weil sie am anderen Ende der Tafel saß, konnte ich nicht mehr drankommen."
„Und was geschah danach?"
König überlegte.
„Elisa ist plötzlich schlecht geworden, aber der Mann von der Schwarzen und Barbaras Schwester konnten ihr helfen, bevor sie krepiert ist."
Ja, sämtliche Aussagen des Alten deckten sich im Wesentlichen mit dem, was mir die anderen Gäste berichtet hatten, doch König hatte auch etwas Neues in Petto.
Der Greis erzählte: „Nachdem der Mulatte – ich glaube, er heißt Jerry – gesagt hatte, dass ihm die Situation mit dem Bettler irgendwie komisch vorkam, weil er sie schon

mal erlebt habe, faselte er was von einer Perücke und hat sich dann ins Bad verzogen."

König kicherte schlüpfrig und verriet mir seine Vermutungen über Jerrys Gründe, die ich an dieser Stelle nicht wiedergeben möchte. Deshalb nur so viel: Sein bösartiges Geschwätz bezog sich im Wesentlichen auf Techniken zum Abbau von körperlicher Spannung, unter der Jerry angesichts der versammelten „weißen Frauen" „hundertprozentig" gelitten habe.

„Wenn Sie mich fragen, steht der Mulatte auf Liz Schneider. Denn nach dem Auftritt des Bettlers haben sich die beiden die ganze Zeit komische Blicke zugeworfen. Und als der Mulatte dann im Bad war, ist ihm Liz Schneider nachgelaufen. Von meinem Platz aus konnte ich sehen, dass sie an seine Tür geklopft hat – aber er hat ihr nicht aufgemacht."

Das hörte ich zum ersten Mal.

Doch bevor ich hinterfragen konnte, wie glaubwürdig der Alte war, schwafelte Heinrich König schon weiter.

„Nach und nach sind dann alle zu Elisa gegangen, während Barbara und ich – und der zurückgekehrte Mulatte – als Einzige bei Tisch geblieben sind. Ich habe dem Jungen signalisiert, dass ich genau wusste, was er im Bad getrieben hatte, aber er tat so, als ob er mich nicht verstünde. Doch später hat er sich gerächt!"

„Inwiefern?", fragte ich neugierig.

„Das war während des Feuerwerks", keifte König und versprühte Gift und Galle. „Und zwar, als ich komische Geräusche hörte."

„Komische Geräusche?"

„Ja", entgegnete der Greis, „ganz seltsame Geräusche von drinnen. Deshalb bin ich rasch reingerollt und wollte die

Quelle der Geräusche ergründen. Und das ist mir auch gelungen: Sie kamen aus Elisas Zimmer."

Nun wurde es spannend.

Wenn Heinrich König wirklich recht hatte, war er ein wichtiger Augenzeuge.

Ich lehnte mich vor. „Wie spät war es da?"

„Sieben vor acht", sagte der Greis. „Ich klopfte an Elisas Tür, aber weil sie nicht öffnete und das Feuerwerk so laut war, bin ich von rechts nach links gerollt – und habe mir schließlich die Ohren zugehalten. Denn die Geräusche waren so furchtbar. Dann kam auf einmal der Mulatte und hat mich zurück nach draußen geschoben. Ich sagte ja bereits: Er wollte sich rächen."

Die schrecklichen Erinnerungen erschöpften den alten Mann so sehr, dass er die Lider plötzlich schloss und im nächsten Moment einschlief.

Ich weckte ihn wieder.

„Aber was ist danach passiert? Und wäre es möglich, dass Jeremias Brockweber aus Elisas Zimmer kam?"

Der Greis taxierte mich irritiert.

„Wer sind Sie? Und wo bin ich hier? Ich muss sofort zurück an die Front, es geht um unsere Blutreinheit!"

Verzweifelt blickte ich ihn an.

Offenbar war der alte Mann in seine Demenz zurückgeglitten.

Ich versuchte es noch mal, doch Heinrich König antwortete nicht mehr.

Stattdessen drückte er seine knochigen Hände auf die Lehnen seines Rollstuhls, stemmte sich mit aller Kraft hoch und stakste zur Bar am anderen Ende des Zimmers, wo er sich einen Whisky einschenkte. Zwei Minuten

später saß er wieder in seinem Rollstuhl und prostete mir glücklich zu.
„Auf die Blutreinheit!", murmelte er. „Und auf die Ver nichtung von sämtlichem Unkraut!"

Auf dem Weg zum Tatort stieß ich auf den Kellner.
Der sympathische junge Mann durchquerte die Halle.
Pierre hatte die Hände voller Teller, die er in die Küche trug.
Dort saß die Köchin namens Mamie auf einem wackligen Hocker und weinte.
Als ich die Frau ansprach, blickte sie auf.
„Wann dürfen Pierre und ich endlich gehen?"
Ich zog mir einen Stuhl heran und antwortete mit einer Gegenfrage: „Hat die Polizei Sie schon verhört?"
Mamie nickte.
„Wir haben denen alles erzählt, was wir beobachtet haben. Müssen wir hierbleiben, weil man uns verdächtigt?"
„Nein", sagte ich vorsichtig und erlaubte mir die Einschätzung, dass die beiden angesichts der Tatsache, dass sie für eine renommierte Cateringfirma arbeiteten, schon bald nach Hause entlassen würden.
„Gut", seufzte die Köchin. „Denn der Abend war schrecklich."
Ich nickte verständnisvoll.
„Reden Sie sich ruhig alles von der Seele, meine Liebe."
Die Köchin ließ sich nicht zweimal bitten.
„Pierre und ich waren so froh, dass wir heute Abend hier arbeiten durften. Sie wissen schon: wegen des Trinkgelds. Außerdem ..."

„... fanden wir es mega, dass wir Heiligabend in einer Wohnung verbringen durften, von der man ganz Hamburg sehen kann", ergänzte der Kellner.
„Waren Sie vorher schon mal hier?"
Die Caterer verneinten.
„Aber kannten Sie die Königs?"
„Nur aus der Presse", murmelte Mamie. „Und von den Fotoseiten in der ‚Gala' – Sie wissen schon: da, wo immer über die feinen Leute berichtet wird."
„Und was steht dort über die Königs?"
Mamie errötete.
„Denken Sie bloß nicht, dass ich auf Klatsch stehe. Aber ich war überaus neugierig auf Barbara König. In den Zeitschriften ist sie nämlich stets mit den schönsten Kleidern abgebildet und natürlich auch mit den teuersten Juwelen."
Die Köchin schwärmte von Barbaras Roben, ihrem Schmuck und ihren Frisuren.
Schließlich sagte sie mit gesenkter Stimme: „Aber obwohl die Bilder so toll sind, sieht Barbara König nie glücklich aus. Ich war gespannt, ob ich die Ursache für ihre Unzufriedenheit heute Abend herausfinden würde. Und voilà – es ist mir gelungen."
„Tatsächlich, Madame?", fragte ich und schenkte der Köchin meine ganze Aufmerksamkeit. „Ich liebe Klatsch – erzählen Sie!"
Mamie fühlte sich geschmeichelt und begann zu zwitschern und zu schnattern: „Wir haben die feinsten Speisen vorbereitet – Austernsuppe und Fleischpastete und Roastbeef und Steinbutt. Ich sage nur: die allerfeinsten Speisen. Bis 18 Uhr musste alles fertig sein – bis auf den Plumpudding. Denn den wollte die Schwester von Frau König persönlich für ihre Nichten machen."

„War denn alles zur Zufriedenheit der Herrschaften?"
Mamie nickte.
„Randolph König hat sich sofort auf meine Fleischpastete gestürzt. Aber vorher hat er seiner Frau, die leider wie ein Spätzchen isst, noch sündhaft teure Ohrringe geschenkt."
Mamies Miene wurde spöttisch und sie fuhr fort: „‚Vorgezogene Bescherung' hat der feine Herr das genannt. Wenn Sie mich fragen, war das glitzernde Geschmeide bestimmt 50 000 Euro wert. Doch wie reagierte die Dame des Hauses? Sie hat sich nicht einmal bedankt!"
Mamie schüttelte den Kopf und ich fachte ihre Empörung an: „Kein Dankeschön?"
„Kein einziges!", zischte die Köchin. „Die piekfeine Dame hat Randolph bloß zugenickt und dann mit der Gabel im Steinbutt rumgestochert. Wenn Sie mich fragen, liebt sie ihn nicht."
Pierre rümpfte die Nase.
„Das sehe ich genauso. Ein richtig undankbares Geschöpf ist die feine Dame – und ganz anders als ihre Schwester. An Herrn Königs Stelle würde ich mich um die bemühen, denn sie ist ziemlich aufregend – und scheinbar hat sie viele Verehrer. Ihr Handy jedenfalls hat den ganzen Abend Textnachrichten empfangen."
Ich nickte zufrieden. Die Beobachtungen der Caterer waren faszinierend und überaus detailreich.
Nun fragte ich die klatschsüchtige Köchin, wer neben Elisa gesessen hatte, und erfuhr, dass es sich dabei um ihre Mutter und ihren Vater gehandelt hatte.
„Und gegenüber", so wusste die Köchin, „saß ihre Schwester namens Dascha. Das Mädchen stand im Schatten von Elisa."

„Inwiefern?", fragte ich neugierig und bekam zu hören, dass Elisa den ganzen Abend von einer „Überraschung" geredet habe, während Dascha sie um alles Mögliche beneidet habe.

„Zuerst hat die Kleine sich beschwert, dass das Roastbeef auf Elisas Teller größer war als das Stück, das wir ihr gegeben hatten. Und später, als Elisa schlecht wurde, war sie nicht einmal besorgt, sondern machte eher den Eindruck, als ob sie selbst gern im Mittelpunkt stünde."

Nun horchte ich auf.

„Aber warum wurde dem Mädchen überhaupt schlecht?"

„Wahrscheinlich, weil auf einmal so viel Action war", überlegte Pierre. „Zuerst kam der Bettler. Dann hat Herr König ihn zusammengeschissen. Und kurz nachdem alle Männer aufgestanden waren und der Greis die Gunst der Stunde genutzt hatte, um in den Schubladen rumzuwühlen, und die Schwester von Frau König den Plumpudding geholt hatte, um die Mädchen von dem Bettler abzulenken, hat Elisa ihr Schälchen gierig ausgelöffelt. Kein Wunder, dass ihr davon sofort schlecht wurde."

„Heißt das, die Schälchen kamen auf den Tisch, während der Bettler noch im Haus war?"

Die Köchin und der Kellner nickten.

Ich beugte mich vor.

„Die nächste Frage ist ziemlich wichtig: Hat irgendjemand komisch reagiert, als Elisa schlecht wurde?"

Mamie überlegte.

„Ja, die schwarze Frau wirkte erstaunt. Wenn Sie mich fragen, mochte sie das Mädchen nicht. Sie hat Elisa den ganzen Abend so komisch angeguckt – als ob sie ihr was übel nähme. Aber Dr. Derrick war ganz reizend. Er hat dem Mädchen zwei Spritzen gegeben und es dann ins

Kinderzimmer getragen. Anschließend war die Stimmung im Keller. Die Leute haben kaum noch was gegessen und alle wirkten besorgt und betrübt."
„Galt das auch für den schwarzen Jungen?"
Der Kellner schüttelte den Kopf.
„Der war den ganzen Abend komisch. Hat was von Déjà-vus und Perücken gefaselt. Und er besaß die Dreistigkeit, sich auch noch im Badezimmer einzuschließen!"
„Und wann kam er wieder raus?"
Pierre überlegte kurz, dann erzählte er genau dasselbe wie zuvor die Königs und die Brockwebers: „Der Junge kam um 19.10 Uhr zurück aus dem Bad – gemeinsam mit seiner schwarzen Mutter, die zuvor nach Elisa gesehen hatte. Vor Samantha Brockweber war Dr. Derrick bei der Kleinen und nach ihr die neidische Schwester des Mädchens. Zuletzt gingen die Tante, die Kinderfrau und der Vater zu Elisa."
Mamie beugte sich zu mir vor. „Aber denken Sie ja nicht, dass sich die Mutter für ihr krankes Kind interessiert hätte! Nein, Barbara König saß den ganzen Abend auf ihrem Platz. Die feine Dame ist erst aufgestanden, als Randolph König um 19.45 Uhr das Feuerwerk gemacht hat. Doch eine Minute später war sie schon wieder drinnen, um sich einen Schal zu holen. Und bei der Gelegenheit hat sie Pierre und mich rausgeschickt und gesagt, dass wir das Feuerwerk ebenfalls genießen sollten. Wir haben uns beinahe den Hintern abgefroren."
„Ist Ihnen draußen was aufgefallen?"
„Ja", antwortete Pierre. „Ich fand es seltsam, dass sich die Leute überhaupt nicht richtig für das Feuerwerk interessiert haben. Ständig ist jemand zurück in die Wohnung gegangen. Und als wir schließlich ebenfalls reinkamen,

hatte die Tante schon den Tisch abgeräumt. Außerdem ärgerte sich Mamie, dass ihre Nitrilhandschuhe verschwunden waren. Denn die trägt sie immer beim Kochen. Doch bevor wir länger darüber nachdenken konnten, hörten wir, dass eine Tür aufgebrochen wurde. Und kurz darauf schrie Frau König und alle riefen, dass Elisa tot sei. Daraufhin haben Mamie und ich uns erst mal einen Schnaps gegönnt. Und dann kam die Tante, um die Spülmaschine anzustellen."

Die Köchin nickte. „Genauso war es."

„Dann habe ich nur noch eine Frage", sagte ich und erkundigte mich nach der Sitzordnung.

Mamies Miene hellte sich auf.

„Die könnte ich Ihnen jetzt lang und breit erklären. Aber vielleicht ist es leichter, wenn ich Ihnen meine Handyfotos zeige. Denn Sie müssen wissen, dass ich die Gesellschaft den ganzen Abend heimlich fotografiert habe."

Ich sah die Köchin fragend an und sie zuckte mit den Schultern. „Jetzt tun Sie mal nicht so pikiert. Ich dachte, dass ich die Bilder vielleicht an die ‚Gala' verscherbeln könnte."

Auf dem Weg zu Elisas Zimmer dachte ich über die Sitzordnung nach.

An der Tafel hatten elf Personen gesessen.

Linksseitig – mit dem Blick zur Küche – Lotte Lehmann mit dem Baby, Randolph König, Elisa, Barbara König und Jerry.

Ihnen gegenüber – mit einem spektakulären Blick auf den Hafen – waren der Greis, Tante Liz, Dascha, Derrick und Samantha Brockweber platziert gewesen.

Als ich Mamies Fotos betrachtet hatte, hatte ich gesehen, dass sich Lotte Lehmann am nächsten beim Lift befunden hatte.
Deshalb war sie dem Bettler als Erste in die Arme gelaufen!
Außerdem hatte ich gesehen, dass der Greis so nahe bei der Küche gesessen hatte, dass er sich nur hatte umdrehen müssen, um in die Schubladen zu greifen.
Ich überlegte.
Falls Elisas Pudding tatsächlich mit Mandelpulver versetzt worden war, konnte das nur in dem Moment geschehen sein, als sich die Puddingschälchen bereits auf dem Tisch befunden hatten – und natürlich war die Manipulation nur für jemanden möglich gewesen, der sehr nahe bei Elisa gesessen hatte.
Mit anderen Worten: Es mussten ihre Eltern, ihre Schwester oder einer der schräg gegenübersitzenden Gäste, Dr. Brockweber oder Liz, gewesen sein.
Doch natürlich gab es noch eine andere Möglichkeit.
Falls das Schälchen schon vor dem Auftritt des Bettlers mit dem allergieauslösenden Mandelpulver bestreut worden war, kam dafür nur Tante Liz infrage.
Denn Elisas Patentante, so die übereinstimmenden Aussagen der Köchin und des Kellners, hatte den Pudding zubereitet und ihn dann zur Tafel getragen.
Ja, Liz kam in meinen Überlegungen doppelt schlecht weg – und sie war es auch gewesen, die die Schälchen nach der Entdeckung der Toten in die Spülmaschine gesteckt hatte.
Während ich über ihre Motive nachdachte, betrat ich Elisas Kinderzimmer.
Hier befanden sich zwei Forensiker in weißen Schutzanzügen, Polizisten, ein Gerichtsmediziner sowie ein

Techniker, der den Tatort gerade mit einem aufwendigen 3D-Laserverfahren einscannte.
Als Erstes fiel mein Blick auf die Leiche des Mädchens.
Das tote Kind lag auf dem Rücken, das Bett war ordentlich gemacht.
Elisas Augen waren aufgerissen.
Dr. Derrick hatte ihr Festtagskleid – Elisa trug eine Aufmachung aus gemustertem Tüll und geflocktem Tupfenmull in Puderrosa – an der Brust auseinandergerissen. Wahrscheinlich beim vergeblichen Versuch, das Mädchen wiederzubeleben.
„Darf ich näher treten?", fragte ich die Polizisten und bekam die Erlaubnis.
Nun stand ich direkt vor Elisa und sah, was alle gesehen hatten.
Neben dem Mädchen lag die Mordwaffe.
Das blaue Kissen mit dem aufgedruckten Dschinni war ein billiges Ding vom Jahrmarkt.
Es war voller Flecken und Fussel und Speichel.
Elisas Gesicht war blau angelaufen.
Ich musterte den linken Arm.
Tatsächlich, da waren zwei Einstiche.
„Ich habe ihr ein Antihistaminikum und ein Kortisonpräparat gespritzt", hatte Dr. Brockweber gesagt.
Ich starrte Elisa an und erinnerte mich an die Worte der Kinderfrau: „Was ich gesehen habe, verstößt gegen sämtliche Regeln der Physik: Das Kinderzimmer war von innen verriegelt worden. Der Schlüssel steckte in der Tür. Und das Fenster zur Terrasse war ebenfalls verschlossen. Seitdem frage ich mich, ob das Mädchen etwa von einem Geist getötet wurde. Denn wie sonst ist es erklärbar, dass

der Mörder aus einem verschlossenen Zimmer fliehen konnte?“

Ich musterte Elisas Rechte.

Die Hand war zu einer Faust geballt – und in ihr schien sich etwas zu befinden.

Ich setzte mich auf einen Stuhl und musterte das Kinderzimmer.

Mitten im Raum stand ein Indianerzelt, daneben lag jede Menge Spielzeug.

Ich sah ein zerstörtes Puppenhaus, eine umgestoßene Kinderküche und jede Menge Murmeln.

Offenbar waren das die Spuren des Kampfes, von denen alle gesprochen hatten.

Nun guckte ich zum Fenster.

Es war fest verschlossen.

Während ich versuchte zu verstehen, wie der Mörder hatte entkommen können, hörte ich, was einer der Ermittler in sein Diktafon sprach.

„Laut dem Gerichtsmediziner und den Zeugenaussagen ist Elisa König zwischen 19.45 Uhr und 19.55 Uhr gestorben. Mehrere Spuren deuten auf einen Kampf hin. Bei der Tatwaffe handelt es sich um ein blaues Synthetik-Kopfkissen made in China mit den Maßen dreißig mal dreißig Zentimeter. Im Bett wurden organische Spuren mehrerer Menschen gefunden, darunter blonde, schwarze und braune Haare – was nicht weiter seltsam ist, da mit Ausnahme von drei Verdächtigen, namentlich Heinrich König, Jeremias Brockweber und Barbara König, der Mutter des Mädchens, alle Anwesenden zwischen 19.05 Uhr und 19.35 Uhr bei Elisa waren. Genaueres wird die Laboranalyse ergeben. Im Schloss der von innen verriegelten Tür befand sich Elisas Zimmerschlüssel. Wie der Mörder den Raum nach der Tat verlassen konnte, ist unerklärlich. Außerdem ist bemerkenswert, dass es auf den breiten Plastikrändern des synthetischen Kopfkissens keine Fingerabdrücke gibt, woraus wir schlussfolgern, dass der Mörder Handschuhe trug – wahrscheinlich aus Gummi oder Nitril. Doch weder im Penthouse noch auf der Außenterrasse oder den Bodenflächen rund um den Tower konnten wir solche Handschuhe finden. Das ist merkwürdig, weil heute Nacht Windstille herrscht und wir festgestellt haben, dass sämtliche vergleichbare Handschuhtypen in einer gerade Linie von oben nach unten fallen. Zu guter Letzt bleibt zu erwähnen, dass es neben den Rätseln des von innen verriegelten Tatorts und der verschwundenen Handschuhe noch eine letzte Besonderheit gibt, die der diensthabende Forensiker Prof. Pottenpüschel jetzt untersucht. Dabei handelt es sich um einen Gegenstand in der rechten Hand des Mädchens, die zu einer Faust geballt ist."

Der Ermittler beendete sein Diktat und stellte sich neben den Professor, der Elisas rechte Hand vorsichtig öffnete und kurz darauf einen Gegenstand taxierte, den ich heute Abend schon einmal gesehen hatte.

Bei ihm handelte es sich um einen exzentrischen Art-déco-Ohrring mit 27 Diamanten – und somit um das Pendant zu Barbara Königs auffälligem Geschmeide.

Nun fiel mir ein, dass sie nur einen Ohrring getragen hatte.

Der Polizist sprach erneut in sein Diktafon.

„Elisas Hand ist nun geöffnet. Mit ihr umklammerte das Mädchen, das laut den Aussagen ihrer Eltern Rechtshänderin war, einen länglichen Ohrring. Laut Prof. Pottenpüschel muss das Kind während des Todeskampfes unwillkürlich danach gegriffen haben, woraufhin sich der Verschluss öffnete, ohne dass es die Täterin bemerkte. Mit anderen Worten: Sobald wir wissen, wem der Ohrring gehört, ist die Mörderin überführt."

Zehn Minuten später wurde Barbara König verhaftet und ihr zweiter Ohrring gesichert.

Ein erster Vergleich ergab, dass es sich tatsächlich um völlig identische Schmuckstücke handelte.

Und ja, auch die anschließende Rekonstruktion des Abends – Randolph König hatte seiner Frau die diamantbesetzten Ohrringe um 18 Uhr geschenkt und sie hatte sie, wie sämtliche Fotos des Abends zeigten, sogar noch zum Zeitpunkt des Feuerwerks getragen – passte dazu.

Die Beweise waren erdrückend.

Sie sprachen eindeutig gegen Barbara König.

Doch obwohl die kränkliche Frau unter Tränen beteuerte, absolut unschuldig zu sein, und rief, dass sie keinen Grund gehabt habe, Elisa zu ermorden, und bei ihrer Abführung einen Nervenzusammenbruch erlitt, glaubte ihr die Polizei nicht.

Wie sie es geschafft hatte, das Zimmer von innen zu verriegeln?

Für die Ermittler war das zweitrangig.

Ich jedoch dachte noch lange über die Ungereimtheiten nach.

Schließlich ist bei der Aufklärung eines Verbrechens nichts so wichtig wie Details.

Erst wenn man jedes Detail versteht, kann man den dichten Nebel aus Lügen und falschen Fährten lichten, den es an jedem Tatort gibt.

Die Polizei hingegen war zufrieden, was mich nicht verwunderte.

Vor einigen Wochen hatten die Ermittler angenommen, dass Zoes Tod ein Unfall gewesen war, und wahrscheinlich hätten sie auch bei Elisa an ein fatales Unglück geglaubt, wenn es diesmal kein Kopfkissen gegeben hätte.
Ich jedoch war zutiefst besorgt, als mir auffiel, dass innerhalb kürzester Zeit zwei kleine Mädchen gestorben waren.
Das ist kein Zufall, sinnierte ich und dachte auf einmal an Dascha König.
Was, wenn sie ebenfalls in Gefahr war?

Auf dem Weg nach Hause dachte ich über den Abend nach.
Vor Barbaras Verhaftung hatte jeder den Verdacht geäußert, dass der Bettler der Mörder sei.
Doch als Barbaras Handschellen geklickt hatten, hatten die Leute unterschiedlich reagiert.
Randolph hatte ihr hinterhergerufen, dass sie Hamburgs besten Anwalt bekomme.
Dr. Brockweber hatte der Verhafteten versprochen, dass er den Gefängnisarzt über ihre angeschlagene Gesundheit informieren werde.
Samantha hatte Barbaras Verhaftung emotionslos beobachtet.
Liz Schneider hatte gerufen: „Meine Schwester ist unschuldig!"
Lotte hatte Barbara versprochen, dass sie sich um ihre Kinder kümmern werde.
Der Greis hatte geschnarcht.
Dascha hatte geweint.
Und Jerry hatte die Sache kaltgelassen.

Außerdem hatte ich gesehen, dass die Köchin die Verhaftung fotografiert hatte.
Ja, die Reaktionen der Menschen waren unterschiedlich gewesen.
Was ich von der Verhaftung hielt?
Ich konnte mir nicht vorstellen, dass Barbara die Täterin war.
Denn sie hatte kein Motiv.
Aber galt das auch für die anderen Leute?
Ich überlegte ...

Zuerst dachte ich über Randolph nach.
Der Fabrikant erinnerte mich an meinen früheren Abteilungsleiter Bobby.
Bobby war bei allen beliebt, bis er sich eines Tages in eine Praktikantin verliebte, die ihm nicht guttat. Außer Bobby sahen alle, dass Nadine so falsch war wie ihr Zopf und sich bloß auf seine Kosten profilieren wollte.
Am Tag vor Bobbys Verlobung verriet ihm ein Angestellter, dass sich Nadine hinter seinem Rücken mit anderen Männern traf. Aber statt seinem Informanten zu danken, wurde Bobby bockig – und entließ ihn.
Am Ende heiratete Bobby die Schlange und wird seitdem vom Pech verfolgt.
Manche munkeln, dass ihn seine Frau schlägt.
Andere berichten, dass Nadine fremdgeht.
Und jeder weiß, dass sie sein Geld mit beiden Händen ausgibt.
Doch obwohl Nadine den Leuten sogar erzählt, dass Bobbys Penis winzig sei, hält er sich dank ihrer „Liebe" für den Größten und schmachtet Nadine öffentlich an.

Ja, Randolph erinnerte mich sehr an Bobby, denn genau wie mein früherer Abteilungsleiter war auch der Fleischfabrikant ein Choleriker, der seine Angestellten kleinhielt, während er sich für Barbara zum Deppen machte.
Was hatte die Köchin gesagt?
„Wenn Sie mich fragen, liebt sie ihn nicht."
Aber hatte Randolph auch ein Motiv für den Mord an seiner Tochter?
Ja, schlussfolgerte ich. Vielleicht hat er geglaubt, dass Elisa schuld an Zoes Tod war, und vielleicht hielt er sie für ein böses Mädchen, das Dascha und Leon gefährlich werden konnte.
Als Nächstes dachte ich über Derrick nach.
Dr. Brockweber hatte sich rührend um Elisa gekümmert, als sie plötzlich bei Tisch kollabiert war.
Laut seiner eigenen Aussage – und Liz Schneiders Bestätigung – hatte der Arzt dem Mädchen daraufhin ein Antihistaminikum und ein Kortisonpräparat gespritzt und es ins Bett gebracht.
Der Nervenarzt hat ebenfalls ein Motiv, befand ich, als ich an seine tote Tochter dachte.
Außerdem war er während des Feuerwerks ans andere Ende der Terrasse gegangen – angeblich, um zu telefonieren.
Und was war mit Liz Schneider?
Vielleicht ist sie Brockwebers Geliebte, überlegte ich, als ich mich daran erinnerte, dass sie den Doktor von der Uni kannte. Und vielleicht ist sie ihm hörig und steckt mit ihm unter einer Decke.
Aber traute ich Liz das zu?

Durchaus, dachte ich, als mir einfiel, dass mich Liz an eine frühere Bekannte erinnerte, die – genau wie Liz – immer selbstkontrolliert gewesen war.
Erst als sich diese Frau überraschend in einen verheirateten Mann verliebte, der seine Frau nicht verlassen wollte, verlor sie ihr seelisches Gleichgewicht. Als sie ihrem Geliebten eines Tages hinterherlief und sich an ihn klammern wollte, rutschte sie aus, brach sich das Rückgrat und sitzt seitdem gelähmt im Rollstuhl.
Ja, ich wusste aus erster Hand um die Gefahren einer blinden Leidenschaft und konnte mir gut vorstellen, dass Liz Derricks Komplizin war.
Doch natürlich hatte auch Samantha ein äußerst starkes Mordmotiv.
Genau wie Derrick hätte sich die Südstaatenschönheit für den „Unfall" ihrer Tochter rächen können.
Außerdem traute ich es Sam zu, Barbara die Tat in die Schuhe zu schieben, weil sie eifersüchtig war.
Denn welcher Frau gefällt es schon, wenn der eigene Mann Tag und Nacht um eine eingebildete Kranke herumscharwenzelt?
Mit dem Mord hätte Samantha zwei Fliegen mit einer Klappe geschlagen, überlegte ich und nahm als Nächstes Lotte Lehmann ins Visier.
Die Kinderfrau war mir sympathisch, doch wie ich bereits früher erklärt habe, geht es bei Verbrechen nicht um Sympathie.
Was, wenn die mütterliche Lotte in Wirklichkeit eine Verrückte war, die sich das Vertrauen von Kapitalisten erschlich, um ihre Kinder zu töten?
Oder wenn sie Randolph König liebte und Barbara aus dem Weg räumen wollte?

Oder – noch gewagter – was, wenn Elisa etwas über sie gewusst und Lotte sie deshalb getötet hatte?
Unwahrscheinlich, aber möglich, dachte ich und spekulierte über das Motiv des Greises.
Heinrich König täuschte vor, dass er gelähmt war.
Doch in Wirklichkeit konnte er noch gut kurze Distanzen zurücklegen.
Was, wenn er Elisa in einem Anflug von Demenz getötet und anschließend völlig verwirrt und mit zugehaltenen Ohren vor dem Kinderzimmer gesessen hatte, wo er dann von Jerry Brockweber gefunden worden war?
Oder war es der Teenager gewesen, der sich für den Tod seiner Schwester gerächt hatte und von Heinrich König überrascht worden war, als er aus Elisas Zimmer gekommen war?
Ebenfalls denkbar, befand ich und schlussfolgerte, dass der Mord sowohl von Jerry als auch von der neidischen Dascha hätte begangen worden sein können.
Schließlich ist das Kopfkissen eine Waffe, mit der Männer, Frauen, Teenager und Kinder gleichermaßen töten können.
Ja, am Ende des Tages stellte ich fest, dass alle Verdächtigen ein Motiv hatten und ich nicht einmal ausschließen konnte, dass Barbara König ihre Tochter eventuell doch getötet hatte, falls sie unter dem Einfluss von Medikamenten gestanden hatte.
Ich drehe mich im Kreis, dachte ich und beschloss die einzig wirksame Methode anzuwenden, die es in solchen Fällen gibt.
Ich schnappte mir Günther und ging mit ihm Gassi, um einen klaren Kopf zu bekommen.

Nach dem längst überfälligen Spaziergang mit Günther – mein Dackel hatte mich bei der Heimkehr grimmig empfangen – erstellte ich noch vor dem Schlafengehen eine Liste mit Fragen, die mir Kopfzerbrechen bereiteten.
Die wichtigsten lauteten:
Wieso war Elisas Zimmertür von innen verriegelt?
Wie konnte der Mörder aus dem Kinderzimmer fliehen?
Und wo sind die Handschuhe?
„Dahinter steckt ein Trick", sagte ich zu Günther.
Mein Dackel bellte.
Als Nächstes notierte ich Namen und Fragen, die mit den Rätseln zusammenhingen:
1. Jerry Brockweber:
Woran hat der Bettler Jerry erinnert?
Was meinte Jerry mit der Perücke?
Wieso war er so lange im Bad?
Was weiß der Junge über Zoes Tod?
2. Tante Liz:
Welchen Gegenstand hat die Patentante in Elisas Zimmer vermisst?
Warum hat ihr Smartphone den ganzen Abend geklingelt?
Wieso hat sie die Spülmaschine angestellt?
Und weshalb hat sie mich belogen?
3. Samantha Brockweber:
Welchen Job hat die Arztgattin?
4. Dr. Brockweber:
Wieso ist der Nervenarzt so besorgt um Barbara König?
5. Randolph König:
Warum hat der Fleischfabrikant seiner Frau die Ohrringe vor der Bescherung geschenkt?
Als Letztes notierte ich einige Fragen, die mir spontan in den Sinn kamen:

In welcher Krankenkasse ist Barbara?
Wie sieht ihr Baby Leon aus?
Wo hat Randolph die Ohrringe gekauft?
Was verrät der Kontostand der Verdächtigen?
Was haben die Nachbarn gehört und gesehen?
Was wird bei Elisas Obduktion im Magen des toten Mädchens gefunden?
Und warum war Elisa so aufgedreht und meinte, dass es eine „Überraschung" gebe?
„Auf den ersten Blick sieht es so aus, als ob das Verbrechen spontan passiert ist", erklärte ich Günther, der mich aufmerksam ansah. „Aber in Wirklichkeit ist es sorgfältig geplant worden."
Günther knurrte und ich tätschelte ihn.
„Keine Sorge, mein Lieber. Direkt nach Weihnachten geben wir Vollgas. Aber bis dahin können wir nicht mehr tun, als die Nachbarn auszufragen."

Am nächsten Vormittag backte ich Plätzchen und klingelte bei sämtlichen Nachbarn, um sie in einen Plausch über den Todesfall zu verwickeln.
Die meisten hatten nichts gesehen, doch meine Plätzchen nahmen sie gern an.
Einzig eine kurzsichtige Alte, die im 15. Stock meines Hauses wohnte, erzählte mir, dass sie am Vorabend etwas Seltsames beobachtet hatte.
„Ich hörte gerade ein Weihnachtskonzert, als es draußen ein Feuerwerk gab. Das muss man sich mal vorstellen – ein Feuerwerk! An Heiligabend!"
Die Dame blickte mich ganz empört an, als wollte sie mich zum Lästern auffordern, und ich verstand schlagartig, dass

ich es mit einem jener Exemplare zu tun hatte, wie es sie in jedem Haus gibt – einer zänkischen Klatschbase.
Volltreffer, dachte ich und stachelte die Dame an: „Was Sie nicht sagen! Ist das nicht verboten?“
Die Alte nickte grimmig.
„Natürlich, das ist Ruhestörung! Ich bin sofort zum Fenster gelaufen, um zu sehen, wo das herkam. Und was soll ich Ihnen sagen? Es war der neureiche Fleischfabrikant! Zuerst habe ich überlegt, ob ich das Ordnungsamt anrufen sollte, und wollte es auch tatsächlich tun, aber während ich noch nach meinem Telefonbuch suchte, klatschte auf einmal was gegen mein Fenster, und als ich mich umdrehte, sah ich ...“
Sie schlug die Hände vors Gesicht.
„Ja“, fragte ich vorsichtig. „Was haben Sie gesehen?“
„Einen Geist“, stieß sie hervor. „Vor meinem Fenster war ein Gespenst!“
Ich zog die Augenbrauen hoch.
„Aber Sie wohnen im 15. Stock und es gibt nicht mal eine Brüstung. Wie konnte jemand vor Ihrem Fenster ...“
„Das ist es ja“, unterbrach mich die Alte. „Das furchteinflößende Gesicht des Geistes hat mich direkt angestarrt und bedroht. Vor Schreck habe ich meine Augen geschlossen und gebetet. Und was soll ich Ihnen sagen? Als ich sie wieder öffnete und meine Brille aufsetzte, war die Spukgestalt verschwunden.“
Ich schluckte und mein Blick fiel auf die gut gefüllte Minibar der Alten.
Als sie kombinierte, was ich dachte, schüttelte sie ihren Kopf. „Da war wirklich ein Geist!“
„Und wie sah das Gespenst aus?“

„Es hatte einen weißen Kopf und rote Augen und ein furchteinflößendes Teufelshorn. Und es hat mich angestarrt und bedroht."
„Wirklich furchtbar!", murmelte ich und täuschte vor, ihr zuzuhören.
Doch in Wirklichkeit waren meine Gedanken längst woanders.
Denn auf einmal wusste ich, was mit den Handschuhen passiert war.
Der Mörder war ins Kinderzimmer gegangen, hatte das Mädchen umgebracht, sich umgeblickt und überlegt, wo er die Handschuhe verstecken konnte.
In seiner Hosentasche oder einer Handtasche?
Nein, dort würde die Polizei danach suchen.
Irgendwo in der Wohnung?
Zu gefährlich – bestimmt würde man sie dort sofort finden.
Die Handschuhe aus dem Fenster werfen?
Ebenfalls unmöglich bei der herrschenden Windstille.
Während ich mir die verzweifelte Lage, in der der Täter sich befunden hatte, ausmalte, ahnte ich, dass sein Blick auf einen bestimmten Gegenstand gefallen sein musste.
Was hatte Tante Liz gesagt?
„Irgendwas kam mir komisch vor. Ich hatte auf einmal das Gefühl, als ob irgendwas fehlte – irgendein Gegenstand, den ich vorher noch in Elisas Zimmer gesehen hatte."
Und was hatte die kleine Dascha erwähnt?
„Auf der Kirmes sind wir Karussell gefahren – und sogar mit der Geisterbahn. Außerdem hat uns Tante Liz zwei Einhornluftballons gekauft ..."
Und wie hatte die Frau soeben das Gespenst beschrieben?

„Es hatte einen weißen Kopf und rote Augen und ein furchteinflößendes Teufelshorn. Und es hat mich angestarrt und mir gedroht."
Ich setzte meine verständnisvollste Miene auf.
„Wie hat Ihnen der Geist gedroht, meine Liebe?"
„Mit seiner Hand!", rief die Alte. „Mit seiner teuflisch blauen Hand! Die hat wild vor meinem Fenster geflattert und die seltsamsten Verrenkungen gemacht. Denken Sie, dass ich das der Polizei melden sollte?"
„Nein", meinte ich beruhigend. „Aber ich bin mir völlig sicher, dass der Geist Sie nie mehr belästigt."
Die Alte schaute mich dankbar an, und nachdem ich sie noch ein wenig beruhigt und zuletzt nach dem Bettler mit dem Blutschwamm gefragt hatte, den sie jedoch nicht gesehen habe, verabschiedete ich mich.
Draußen sagte ich zu Günther: „Das erste Rätsel ist gelöst. Jetzt wissen wir, dass der Mörder die Handschuhe an den Luftballon gebunden hat, um sie im Nachthimmel verschwinden zu lassen."
Günther kläffte und ich tätschelte ihn.
„Natürlich ist das clever. Aber wir sind noch klüger. Übermorgen ist Weihnachten vorbei. Dann rufen wir ein paar Leute an und bitten sie um einen Gefallen."

Wenn man wissen will, was andere auf dem Kerbholz haben, muss man den Schmutz, den sie unter den Teppich kehren, hervorholen und ihn unter einem Brennglas untersuchen.
Am 27. Dezember rief ich bei der Chefsekretärin der Hamburger Steuerverwaltung an, weil ich wissen wollte, wie hoch das Vermögen der Königs war und welche Verbindlichkeiten die anderen Verdächtigen hatten.

Obwohl seit meinem letzten Anruf bei der Sekretärin mehrere Wochen vergangen waren, zuckte die Frau augenscheinlich zusammen, als sie meine Stimme erkannte.
Denn wer redet schon gerne mit einem Erpresser, der weiß, dass man über einen langen Zeitraum Sozialhilfe bezogen hat, die einem nicht zustand?
Und wer würde nicht befürchten, dass er damit den Ruf der eigenen Behörde beschmutzt und öffentlich angeprangert wird?
Ja, Lieselotte Bach war Wachs in meinen Händen und ich konnte förmlich riechen, dass sie Angstschweiß verströmte, während sie die Namen der Verdächtigen notierte und ihren Kollegen gleichzeitig vorspielte, absolut gelassen zu sein.
„Bis wann brauchen Sie die Infos?", flüsterte Lieselotte.
Ich gab ihr zwei Stunden.
Pünktlich um 10 Uhr rief sie zurück.
„Die Königs stehen glänzend da", sagte Lieselotte. „Randolph König macht jährlich 25 Millionen nach Abzug der Steuern. Das Gros seines Geldes steckt in Aktien, die sein Vermögen fleißig vermehren. Barbara König hat keinen Besitz in die Ehe eingebracht. Doch Sie werden staunen: Ein Anruf bei einem befreundeten Notar ergab, dass die Königs keinen Ehevertrag haben. Wenn er stirbt, bekommt sie alles. Und wenn sie sich scheiden lässt, stehen ihr pro Ehejahr zweieinhalb Millionen zu."
„Hat Randolph ein Testament gemacht?"
Die Sekretärin bejahte und fügte an: „Barbara König ist Alleinerbin."

Als Nächstes fragte ich nach den Ohrringen: „Hat Randolph König in den letzten vier Wochen eine größere Summe an einen Juwelier überwiesen?"
Die Sekretärin verneinte. „Nein, aber er lässt sich regelmäßig hohe Summen ausbezahlen. Falls er Schmuck erworben hat, hat er ihn mit Bargeld bezahlt."
Nun fragte ich nach Heinrich König und die Sekretärin blätterte in ihren Unterlagen.
„Heinrich König ist ebenfalls vermögend. Er bezieht Kapitaleinkünfte in Höhe von jährlich fünfeinhalb Millionen – dank vermieteter Immobilien, die er laut Kritikern jedoch nur deshalb besitzt, weil sein Vater Friedrich im Zweiten Weltkrieg die jüdischen Besitzer enteignet hat."
„Und wer erbt das Vermögen des Alten?"
„Sein Sohn Randolph", flüsterte Lieselotte.
„Dann kommen wir jetzt zu den Brockwebers. Wie viel Geld besitzen Derrick und Samantha?"
Die Sekretärin schaute nach.
„Das Ehepaar führt getrennte Konten. Dr. Brockweber erwirtschaftet jährlich rund 500 000, aber er stottert noch einen Kredit ab. Seine Verbindlichkeiten für die Praxis belaufen sich auf 1,6 Millionen. Samantha Brockweber arbeitet ebenfalls. Ihre Einkünfte belaufen sich auf 75 000 jährlich. Doch in den Kontoauszügen gibt's auch etwas Seltsames ..."
„Und das wäre?", fragte ich.
Lieselotte antwortete mit gesenkter Stimme: „Barbara König hat Dr. Brockweber in der Vergangenheit dreimal größere Summen überwiesen, die er auch brav versteuert hat. Beim ersten Mal hat sie ihn mit 350 000 Euro unterstützt, als er die Praxis seines Vorgängers kaufte. Beim zweiten Mal hat sie ihm Geld überwiesen, das er für den

Kauf seiner Immobilie am Kaiserkai für die Notarkosten und die Grunderwerbssteuer aufbringen musste. Das waren 150 000. Und beim letzten Mal hat sie ihm noch mal 150 000 gegeben. Das war vor zwei Jahren. Aber dazu hat sie keinen Betreff angegeben."

Ich wechselte das Thema.

„Was wissen Sie über Samanthas Job?"

Lieselotte berichtete, dass die Südstaatenschönheit als Lebensmitteltechnikerin arbeitete. „Frau Brockweber ist Chemikerin, sie experimentiert mit Inhaltsstoffen, um Nahrungsstoffe zu verbessern."

„Und das Vermögen der Kinderfrau?"

„Lotte Lehmann hat ein Jahreseinkommen von 45 000 Euro", berichtete Lieselotte. „Sie lebt in einer Mietwohnung in Barmbek-Süd, die zu Heinrich Königs Besitz zählt. Doch statt einer Miete zahlt sie nur die Hausnebenkosten. Offenbar ist das ein Deal. Außerdem hatte sie bis vor Kurzem ein paar lausige Kröten auf dem Sparbuch. Bei diesem bescheidenen Betrag handelte es sich um das Erbe ihres verstorbenen Gatten. Frau Lehmanns Mann – sein Name war Karl – starb schon vor 15 Jahren. Ansonsten kann ich Ihnen nichts Auffälliges berichten. Frau Lehmann hat keine Kapitaleinkünfte, keine Schulden und nur einen Kredit, für den sie seit einem halben Jahr monatlich 300 Euro abstottert."

„Und wie sind die Finanzen von Elisabeth Schneider?"

„Wesentlich interessanter", meinte Lieselotte, „weil Frau Schneider verschuldet ist."

Ich horchte auf.

„Mit wie viel Geld steckt sie denn in der Kreide?"

„Es sind nur kleinere Beträge", antwortete die Chefsekretärin. „Als Studentin hat Liz Schneider so gut wie

keine Nebeneinkünfte. Außerdem bezieht sie BAFöG und hat mehrere Kleinkredite am Laufen."
„Wie hoch ist sie verschuldet?"
„Mit 40 000", sagte Lieselotte und bemerkte noch, dass sie nicht verstehen könne, warum Barbara Derrick Geld zusteckte, während sie ihre Schwester im Stich ließ.
„Dann habe ich nur noch eine Frage", entgegnete ich. „In welchen Krankenkassen sind die Leute?"
Lieselotte schaute nach und antwortete schließlich: „Die Königs und die Brockwebers sind privat versichert, Frau Schneider und Frau Lehmann gesetzlich. Brauchen Sie die Namen der Kassen?"
Ich bejahte und notierte sie.

Ein Anruf beim „Verband der Privaten Krankenversicherung" – hier war mein Ansprechpartner ein Bekannter, auf dessen weggeworfener Festplatte ich die Info gefunden hatte, dass er seiner Frau ein uneheliches Kind verheimlichte – ergab Folgendes:
Randolph König war ziemlich gesund. Lediglich seine stark erhöhten Cholesterinwerte, eine Verengung seiner Herzkranzgefäße sowie sein starkes Übergewicht ließen darauf schließen, dass er in den nächsten Jahren einen Stent brauchen würde.
Barbara König hatte mehrere Leiden. Laut ihrem Hausarzt Dr. Brockweber handelte es sich dabei um „depressive Verstimmungszustände", die er vergeblich mit Arzneimitteln behandelte. Eines dieser Medikamente – das Präparat war ein sogenanntes Antipsychotikum – konnte Müdigkeit, Antriebsarmut und Kopfschmerzen auslösen. Dr. Brockweber spritzte es Barbara einmal pro Monat.

Elisa war bis zu ihrem viel zu frühen Tod ebenfalls von Derrick behandelt worden. Laut einer Notiz in ihrer Akte war sie allergisch gegen Mandeln und Nüsse gewesen.
Dascha König hatte laut Derrick ein „genetisches Adipositasrisiko". Das kleine Mädchen war zu dick.
Leon König war kerngesund.
Derrick litt unter Kurzsichtigkeit.
In Samanthas Familie gab es eine Neigung zu Brustkrebs.
Jerry hatte lediglich die üblichen Kinderkrankheiten durchgemacht, während Heinrich König unter fortgeschrittener Demenz litt. Der alte Mann war fast an dem Punkt, an dem er vergaß, dass er vergaß.
So weit der Stand der privaten Kassen.
Ein Anruf beim "Spitzenverband Bund der Krankenkassen" – hier war mein Ansprechpartner ein früherer Nachbar, der sein Universitätsdiplom gefälscht hatte – ergab, dass Lotte Lehmann völlig gesund war, während Liz Schneider überraschenderweise eine lange Liste von Krankheiten aufwies.
Die meisten davon waren ständig wechselnde Geschlechtskrankheiten gewesen, die darauf schließen ließen, dass Liz ein ausuferndes Sexualleben pflegte. Außerdem hatte sie schon mal ein Magengeschwür, eine Netzhautablösung, Nierensteine sowie Anti-Aging-Therapien gehabt. Mithilfe regelmäßiger Hormonbehandlungen mit dem Wirkstoff DHEA versuchte sie das Altern zu verzögern.
„Dafür also braucht sie die Kredite", sagte ich zu Günther. „Die liebe Liz ist lebenslustig."

Recherchen bei der Kripo – hier musste ich ausnahmsweise niemanden unter Druck setzen, weil ein langjähriger Bekannter die Computersysteme betreute

– ergaben, dass die polizeilichen Führungszeugnisse der Verdächtigen unterschiedlich ausfielen.
Gegen Randolph König waren bereits mehrere Ermittlungsverfahren wegen Korruption, Bestechung und Betrug gelaufen und mein Bekannter fand obendrein die Anzeige eines Angestellten wegen Körperverletzung. Scheinbar hatte Randolph dem Mann, der mehrfach unentschuldigt bei der Arbeit gefehlt hatte, in einem Anflug von Wut so feste in die Eier getreten, dass dessen Hoden zermatscht worden waren. Doch wegen einer hohen Schmerzensgeldzahlung hatte das Opfer die Anzeige zurückgezogen.
Barbara, Samantha, Liz und Lotte hatten eine weiße Weste.
Dr. Brockweber war vor zwei Jahren wegen des Todes einer Patientin ins Visier der Ermittler geraten und genau wie Randolph war auch Derrick nur dank einer horrenden Überweisung an die Hinterbliebenen unbehelligt geblieben.
Gegen Heinrich König war mehrfach prozessiert worden. Bei den Vorwürfen gegen ihn hatte es sich um Anklagen wegen Zwangsarbeit, einer nicht nachweisbaren Mitgliedschaft in der Waffen-SS sowie ebenfalls nicht lückenlos dokumentierter Zwangsenteignungen von Juden gehandelt.
Jerry hatte mit Koks gedealt und eine Jugendstrafe bekommen.
Ja, die Männer hatten alle was auf dem Kerbholz, während die Frauen sauber waren.

Am 28. Dezember klapperte ich sämtliche Obdachlosenunterkünfte und Brücken ab, doch weder bei

„Hinz&Kunzt“ in der Altstädter Twiete noch beim Winternotprogramm in der Friesenstraße erinnerte sich jemand an einen Bettler mit einem Blutschwamm. Und da mir auch das Rote Kreuz und die „Wärmestube für Obdachlose“ nicht weiterhelfen konnten und der Bettler nicht mal unter seinesgleichen bekannt war, verschob ich das Vorhaben, seine Identität zu lüften, auf später und rief stattdessen noch mal meinen langjährigen Bekannten bei der Kripo an, um von ihm die Ergebnisse von Elisas Obduktion zu erfahren.
„Laut der Untersuchung von Prof. Pottenpüschel“, meinte mein Bekannter, „wurden im Blut des toten Kindes unverdaute Speisen gefunden, darunter auch Reste von Mandelpulver. Doch es gibt noch eine Überraschung: Kurz vor ihrem Tod hat Elisa ein leichtes Schlafmittel sowie einen Appetitzügler zu sich genommen.“
Mir stockte der Atem.
War es etwa möglich, dass Derrick der Kleinen – zusammen mit dem Antihistaminikum und dem Kortisonpräparat – ein Schlaf- und ein Brechmittel gespritzt hatte?
Auf jeden Fall wusste ich nun, weshalb alle Verdächtigen sagten, dass Elisa bei ihrem Besuch aus einem leichten Schlaf erwacht war.
Und ich wusste noch mehr: Der Mörder hatte das Verbrechen geplant.
Er hatte das Kind bewusst geschwächt.
Doch wer tut einem kleinen Mädchen so was an?
Und war es die „Arbeit“ von Komplizen?

Am 29. Dezember erfuhr ich, dass der zuständige Richter am nächsten Tag über Barbaras vorübergehende

Freilassung entscheiden wollte – und über die Höhe der Kaution.

Bis dahin blieben mir 24 Stunden, die ich nicht verplempern wollte.

Als Erstes ging ich in die Praxis von Dr. Brockweber, wo Liz Schneider im Wartezimmer saß.

Weil die junge Frau mich nicht erkannte – habe ich schon erwähnt, dass sich niemand mein Gesicht merken kann? – räusperte ich mich und stellte mich vor.

„Wir kennen uns vom Heiligabend – aus der Wohnung der Königs."

Liz' Miene hellte sich langsam auf.

„Ach, Sie sind das – Entschuldigung! Ich hätte Sie beinahe nicht erkannt."

„Macht nichts", sagte ich und erkundigte mich nach dem Befinden der Studentin.

„Mir geht's dreckig", meinte Liz. „Seit Elisas Tod und Barbaras Verhaftung kann ich nachts nicht mehr schlafen. Ich sehe immer Elisas Gesicht und den Ausdruck in Barbaras Augen, als die Handschellen klickten und man meine Schwester abführte."

„Zum Glück kommt sie morgen vielleicht frei", entgegnete ich und beobachtete Liz' Reaktion.

Die junge Frau deutete ein Lächeln an.

„Ja, hoffentlich. Dascha vermisst ihre Mutter schrecklich und Randolph geht die Sache ebenfalls nahe. Und am 2. Januar ist schon die Trauerfeier! Elisa wird um 11 Uhr in der Familiengruft in Ohlsdorf beigesetzt."

Ich nickte und tat, als ob ich das bereits gewusst hätte.

„Priester Woelkchen hat mich gebeten, ebenfalls zur Beerdigung zu kommen. Haben Sie eigentlich eine Vermutung, wer Elisa das angetan hat?"

Die Antwort kam wie aus der Pistole geschossen.
„Natürlich der Bettler“, entgegnete Liz. „Zugegeben, ich weiß nicht, wie er es gemacht hat – aber dass er schuldig ist, daran besteht nicht der leiseste Zweifel. Haben Sie schon sein Phantombild gesehen?“
Sie kramte in ihrer Handtasche, entfaltete ein Blatt Papier und reichte es mir.
„So sieht der Kerl aus! Sie können den Zettel gerne behalten. Vielleicht sehen Sie den Mann ja eines Tages.“
Ich musterte das Gesicht des Bettlers, doch sein Antlitz mit den tief eingefallenen Augen und dem Dreitagebart und dem ovalen Blutschwamm hatte ich noch nie gesehen.
„Auf wessen Angaben beruht diese Zeichnung?“, fragte ich Liz und erfuhr, dass das Phantombild das Ergebnis sämtlicher Erinnerungen der Erwachsenen war.
„Wir haben alle unseren Senf dazugegeben“, erklärte mir Liz, „und am Ende ist das herausgekommen.“
Ich steckte das Bild ein.
„Darf ich Sie noch was fragen, Frau Schneider?“
Liz zuckte mit den Achseln. „Natürlich. Worum geht's denn?“
Jetzt erkundigte ich mich nach dem Gegenstand, den Liz in Elisas Zimmer vermisst hatte: „Ist Ihnen wieder eingefallen, worum es sich dabei gehandelt hat?“
Die Tante schüttelte den Kopf.
„War es vielleicht der Ballon vom Dom?“
Liz schrie erstaunt auf: „Natürlich! Es war tatsächlich der Ballon! Aber woher wissen Sie das?“
Ich drosselte ihre Erregung: „Es war bloß eine Eingebung – nichts Besonderes. Aber ich möchte noch was wissen …“

Die Tante nickte aufgeregt, doch zu ihrer Überraschung konfrontierte ich sie dieses Mal mit einer für sie negativen Neuigkeit. Denn ich sagte Liz auf den Kopf zu, dass ich wusste, weshalb ihr Telefon am Heiligabend ständig geläutet und warum sie Elisas Puddingschälchen in die Spülmaschine gesteckt hatte.
Als ich fertig war, wurde Liz Schneider puterrot.
„Sie haben völlig recht", sagte sie und wurde sogar noch röter. „Aber Sie werden doch nicht ... ich meine ... Sie werden den anderen doch nichts sagen?"
„Das liegt an Ihnen", entgegnete ich freundlich. „Vielleicht brauche ich ja eines Tages einen Gefallen. Und vielleicht komme ich dann noch mal auf Sie zu."
Die junge Frau erstarrte förmlich, doch nachdem es in ihrem Kopf gerattert und sie die Ausweglosigkeit ihrer Situation erkannt hatte, nickte sie ausdruckslos und sämtliche Farbe wich aus ihrem Gesicht.
Ja, Liz Schneider erbleichte dermaßen, dass Dr. Brockweber, der sie nun höchstpersönlich aus dem Wartezimmer abholte, bei ihrem Anblick zutiefst erschrak.
„Du siehst aus, als ob du den Teufel gesehen hättest", meinte er, während er mich ignorierte.
Liz Schneider winkte sofort ab.
„Mir ist bloß etwas kodderig", entgegnete die junge Studentin und folgte dem Nervenarzt, während ich dem Paar lange nachblickte.
Denn mir erschien es ziemlich seltsam, dass Liz ihren Doktorvater während der Semesterferien besuchte.
Als hätte die Sprechstundenhilfe – ihr Name war Sabrina - meine Gedanken gelesen, sagte sie: „Die kommt regelmäßig", und zwinkerte mir zu. „Dr. Brockweber hat eine unglaubliche Anziehungskraft auf weibliche Wesen. Sie

glauben nicht, wie viele Frauen uns wegen ihm die Praxis einrennen."

Ich zog die Augenbrauen hoch und die plauderfreudige Sabrina fuhr fort: „Derricks blaue Augen bringen sogar meine Kolleginnen und mich zum Dahinschmelzen!"

Der Blick der Frau verklärte sich.

Angesichts ihres schmachtenden Gesichtsausdrucks äußerte ich dezentes Verständnis und fragte im selben Atemzug: „Aber wie findet Dr. Brockwebers Frau das?"

„Ach, Sie kennen Samantha?", entgegnete Sabrina überrascht und nach kurzem Überlegen antwortete sie: „Nun ... soweit ich weiß, ist sie kein bisschen eifersüchtig."

Ich dachte an Derricks Führungszeugnis. „Aber einmal hatte Dr. Brockweber ziemliches Pech mit einer Patientin, oder?"

Sabrina sah mich fragend an und ich erklärte: „Ich meine die dumme Geschichte vor zwei Jahren."

Sabrinas Miene wurde finster.

„Stimmt, das ist wirklich dumm gelaufen. Aber es war nicht Derricks Schuld. Er wollte der armen Frau bloß Blut abnehmen. Doch nachdem sie plötzlich gestorben war, behaupteten ihre Verwandten, dass seine Spritze verunreinigt gewesen wäre und dass sie die blöde Blutvergiftung durch diese Sache bekommen hätte."

„Gab es damals einen Prozess?", fragte ich neugierig.

Sabrina schüttelte den Kopf.

„Die Sache wurde eingestellt", flüsterte sie, „aber Dr. Brockweber musste den Leuten eine Menge Geld bezahlen."

Als sich die Arzthelferin wieder in ihre Arbeit vertiefte, dachte ich über ihre Worte nach und rief mir ins Gedächtnis, was mir die Chefsekretärin der Steuerbehörde

verraten hatte: „Und beim letzten Mal hat Barbara König Dr. Brockweber noch mal 150 000 überwiesen. Das war vor zwei Jahren. Aber dazu hat sie keinen Betreff angegeben."
Bingo, dachte ich, weil ich nun den Grund dafür kannte. Sie hatte Derrick aus der Klemme geholfen.

Zehn Minuten später rief mich Dr. Brockweber ins Behandlungszimmer, und nachdem er sich meine vorgetäuschten Leiden – Schlaflosigkeit und Kopfschmerzen und innere Unruhe – angehört hatte, gab ich mich zu erkennen.
Der Doktor schlug sich vor den Kopf.
„Natürlich, jetzt erkenne ich Sie wieder. Normalerweise habe ich ein gutes Gedächtnis, aber irgendwie habe ich Ihr Gesicht nicht abgespeichert. Wahrscheinlich, weil an Heiligabend so viel los war."
Ich zeigte mich verständnisvoll und fragte den Doktor nach seinem Befinden.
Sofort verschattete sich seine Miene.
„Entsetzlich geht es mir, einfach entsetzlich", sagte Derrick mit trübem Blick. „Zwei kleine Mädchen – und beide tot. Ich kann es immer noch nicht fassen."
Der Arzt schnäuzte in ein Taschentuch und ich musterte ihn lange.
Sein eingefallenes Gesicht und seine dunkel umränderten Augen verrieten mir, dass er in den letzten Tagen viel geweint und wenig geschlafen hatte.
Aber waren das Zeichen der Trauer?
Oder war es vielmehr die Angst eines Mörders vor seiner Entdeckung?

Ich hielt beides für möglich und fragte Derrick, wen er für Elisas Mörder hielt.
„Natürlich den Bettler", entgegnete der Arzt. „Ich meine ... es kann doch kein Zufall sein, dass der Kerl an Heiligabend aus heiterem Himmel bei uns auftauchte."
„Heißt das, Sie halten Frau König für unschuldig?"
Der Doktor nickte.
„Aber wie erklären Sie sich, dass Elisa Barbaras Ohrring in der Hand hielt?"
Brockweber überlegte.
„Dahinter muss ebenfalls der Bettler stecken. Ich weiß nicht, wie er es gemacht hat, aber Barbara kann nichts dafür. Ich lege meine Hand für sie ins Feuer. Sie ist krank, verstehen Sie? Die arme Frau ist körperlich geschädigt."
Bei diesen Worten erinnerte ich mich an die Auskunft der Krankenkasse, laut der Dr. Brockweber Barbara König kein körperliches Leiden bescheinigte, sondern sie ausschließlich wegen „depressiver Verstimmungszustände" behandelte.
„Auf mich wirkte sie eher ruhiggestellt", entgegnete ich deshalb. „So wie jemand, dem sein Nervenarzt Psychopharmaka verabreicht, damit die betreffende Person nicht mehr aufmuckt. Halten Sie das für möglich?"
Brockweber errötete.
„Klar ... ich meine ... natürlich behandele ich Barbaras Leiden mit Tranquilizern. Aber eine handfeste Depression ist eine furchtbare Sache, bei der man nicht trennscharf sagen kann, ob die körperlichen Leiden zuerst da waren oder umgekehrt."
Er klappte meine Akte zu.
„Sonst noch was?", fragte Brockweber.

„Nein“, entgegnete ich freundlich. „Wir sehen uns bei der Trauerfeier.“

Auf dem Rückweg von Brockwebers Praxis in der Osakaallee machte ich einen Umweg über den Sandtorhafen und wartete so lange im toten Winkel eines Bootsanlegers, bis Samantha Brockweber aufkreuzte.

Die schwarze Südstaatenschönheit trat aus dem Kaffeehaus „Klein und Kaiserlich“, schlenderte über die Promenade am Kaiserkai, stoppte vor einem hübschen Townhouse und kramte nach ihrem Haustürschlüssel.

Ich trat aus dem Schatten und räusperte mich.

Samantha erstarrte. „Sorry, kennen wir uns?“

Es war das altbekannte Spiel: Ich stellte mich ein zweites Mal vor und hörte mir geduldig an, dass Samantha mein Gesicht „irgendwie nicht abgespeichert“ hatte.

Zehn Minuten später saß ich ihr bei einer Tasse Tee gegenüber und fragte sie nach ihrem Befinden.

„Ging schon mal besser“, meinte Samantha und deutete auf ein Bild auf einer Kommode, das ein hübsches Mädchen mit einem gesunden Teint und einer schwarzen Haarkrause zeigte. „Seit Zoes Tod bin ich nicht mehr dieselbe. Ständig habe ich das Gefühl, als ob sie gleich auf der Matte stünde. Aber meine Tochter kommt nie wieder. Und die Sache mit Elisa“ – sie fuhr sich fahrig durch die Haare und steckte sich eine Zigarette an – „hat es noch schlimmer gemacht. Am liebsten würde ich weggehen und Hamburg und die Königs und den ganzen Scheiß hinter mir lassen.“

„Warum tun Sie das nicht?“, fragte ich freundlich.

Samantha lachte spöttisch auf.

„Als ob Derrick da mitspielen würde! Als ob er Barbara verließe!"
Interessiert beugte ich mich vor.
„Warum will Ihr Mann denn in Barbaras Nähe bleiben?"
„Weil sie krank ist", zischte Samantha. „Oder sollte ich besser sagen: angeblich krank? Sobald ein Furz quer sitzt, ruft Barbara nach Derrick und mein Mann gibt ihr Pillen und Spritzen. Wir sind sogar hierhergezogen, weil Barbara das wollte. Wussten Sie, dass sie Derrick Geld gegeben hat, damit er sich die Praxis und die Wohnung leisten konnte?" Sie zupfte an ihrer Unterlippe. „Ich finde das total verrückt."
„Sind Sie schon lange eifersüchtig?", fragte ich, doch zu meiner Überraschung schüttelte Samantha den Kopf.
„I wo!", entgegnete sie. „Derrick liebt mich und ich liebe ihn. Er würde mich niemals betrügen. Nein, Barbara ist eher wie ein Schatten, der über unserer Ehe liegt."
Ich schlug die Beine übereinander.
„Haben Sie Frau König mal im Gefängnis angerufen?"
Samantha nickte. „Ja, natürlich. Ich habe Barbara gefragt, wie es möglich war, dass ihr Ohrring in Elisas Hand war."
„Und was hat sie geantwortet?"
„Dass sie es nicht wisse! Das müssen Sie sich mal vorstellen: Sie meinte, dass sie sich nicht sicher sei, ob sie bei ihrer Tochter war oder nicht – weil sie sich nicht erinnern könne. Haben Sie so was schon mal gehört?"
„Nein. Aber glauben Sie, dass sie Elisa umgebracht hat?"
Samantha zögerte.
„Eigentlich nicht. Ich glaube, dass es der Bettler war, obwohl ich mir nicht vorstellen kann, wie er es gemacht hat."

Nun deutete ich auf ein Hochzeitsfoto, das Derrick und Samantha zeigte.
„Wo haben Sie sich kennengelernt?“
Samantha grinste.
„Das war vor dreizehn Jahren bei einem Ärztekongress in Nevada. Ich habe dort als Hostess gearbeitet, um neben meinem Studium etwas Geld zu verdienen. Es war Liebe auf den ersten Blick. Eine Woche später haben wir in Las Vegas geheiratet und ich bin Derrick nach Hamburg gefolgt.“
„Und was haben Sie studiert?“
„Lebensmittelchemie“, antwortete Samantha.
„Muss man sich dafür nicht mit Botanik auskennen?“
Die Chemikerin nickte. „Und mit Mikrobiologie und Toxikologie.“
„Ist das die Lehre von den Giften?“
Samantha bejahte.
Nun deutete ich auf ein Foto von Jerry.
„Und was möchte Ihr Sohn mal werden?“
Samantha stöhnte und schenkte mir Tee nach.
„Es tut gut, mal mit jemandem darüber zu reden, denn Jerry macht mir nichts als Probleme. Sein Vater ist ein netter Mann, aber der Typ sitzt ständig im Gefängnis. Deshalb war ich auch so froh, als ich Derrick kennenlernte und er meinen Sohn adoptierte. Doch neulich wurde Jerry beim Dealen erwischt und kurz vor Weihnachten hat er sich auch noch von seiner Freundin getrennt. Aber glauben Sie ja nicht, dass er mir den Grund verrät.“
„Vielleicht finden die beiden ja wieder zueinander“, meinte ich tröstend und wollte gerade fortfahren, als die

Haustür aufgerissen wurde und Jerry Brockweber ins Wohnzimmer stürmte.
Offenbar hatte der Junge meine letzten Worte gehört, denn er starrte mich böse an und stapfte grußlos ins Nebenzimmer.
Samantha zuckte mit den Achseln und folgte ihm nach nebenan, wo sie ihn zur Rede stellte.
Ich konnte jedes Wort verstehen.
„Was ist das bloß für ein Verhalten?", rügte sie Jerry. „Was soll die nette Person von der Kirche von dir denken?"
„Mir doch egal", zischte der Junge. „Mit diesem Menschen rede ich nie wieder. Ich hasse diese Person – ich hasse sie, Mutter!"
Samantha senkte ihre Stimme, doch ich konnte deutlich hören, dass sie den Grund erfahren wollte.
Aber weder mit Fragen noch mit Drohungen konnte sie Jerry die Ursache entlocken.
Der Teenie stellte sich absolut stur.
„Bestimmt macht Ihr Sohn gerade ziemlich viel durch", meinte ich verständnisvoll, als ich mich von Samantha verabschiedete.
Doch in Wirklichkeit kannte ich den Grund für Jerrys Verhalten genau.
Läuft wie am Schnürchen, dachte ich, als ich in Richtung Barmbek-Süd marschierte, wo ich Lotte Lehmann einen Besuch abstatten wollte. Jetzt weiß ich wenigstens, warum sich Jerry im Bad eingeschlossen hat und was er mit der Perücke meinte.

Barmbek-Süd ist ein ehemaliges Arbeiterviertel.
Hier lebte Lotte Lehmann im 1. Stock eines Rotklinkerhauses.

Ihre Wohnung war bescheiden, aber blitzsauber.
Die Kinderfrau klatschte verzückt in die Hände, als sie meinen Dackel erblickte.
Sie stellte ihm einen Trinknapf hin, versorgte mich mit Kaffee und Kuchen, nahm in einem Sessel Platz, faltete die Hände und nickte mir zu.
„Schön, dass Sie Ihren Besuch angekündigt haben“, meinte Lotte, „und danke, dass Sie mir Ihre Hilfe anbieten! Mir geht's schon wieder etwas besser.“
Ich musterte einen Reisekoffer und Lotte interpretierte meinen Blick richtig.
„Das ist wegen den Königs“, seufzte sie. „Ich ziehe heute noch zu ihnen – zumindest vorübergehend. Denn morgen kommt Barbara vielleicht auf Kaution frei und dann muss ich da sein, um ihr beizustehen.“
Ich nippte an meinem Milchkaffee.
„Haben Sie Barbara mal im Gefängnis angerufen?“
Die Kinderfrau bejahte. „Ich spreche jeden Tag mit ihr, um ihr zu berichten, dass Dascha wohlauf ist. Aber in Wirklichkeit mache ich mir Sorgen um die Kleine.“
„Aber weshalb bloß?“
„Weil sie nachts unter Albträumen leidet“, entgegnete Lotte, „und weil sie tagein, tagaus über den Tod ihrer Schwester redet. Die Kleine erzählt Gott und der Welt, dass sie Detektivin spielt und herausfinden will, was Elisa passiert ist.“
Ich beugte mich vor.
„Das würde ich ebenfalls gerne wissen. Glauben Sie, dass es Barbara war?“
„Nein“, meinte Lotte. „Zuerst habe ich geglaubt, dass es der Bettler war. Aber je länger ich darüber nachdenke, desto mehr glaube ich, dass es der Nervenarzt war.

Verstehen Sie mich bitte nicht falsch, aber Ärzte sind einem doch immer suspekt."
Ich zeigte ihr nun das Phantombild des Bettlers.
„Hat der Mann wirklich so ausgesehen?"
Lotte musterte die Zeichnung.
Dann nickte sie heftig.
„Klar, das ist der Kerl! Das Bild entspricht genau der Beschreibung, die wir der Polizei gegeben haben." Sie schüttelte sich vor Entsetzen. „Der Kerl hat mir Todesangst eingejagt."
„Hatten Sie Angst, dass er Sie umbringt?", fragte ich freundlich.
Lotte nickte.
„Natürlich! Ich bin ihm ja direkt in die Arme gelaufen."
„Aber wie ist das passiert?"
Lotte blickte mich ängstlich an.
„Es war einfach schrecklich! Ich saß gerade bei Tisch, als ich plötzlich ein Geräusch hörte. Deshalb bin ich aufgestanden und in Richtung Flur gegangen. Zuerst habe ich den Mann überhaupt nicht gesehen, aber als sich meine Augen an die Dunkelheit gewöhnten, stand er auf einmal direkt vor mir. Daraufhin habe ich geschrien, denn ich dachte, dass er mich umbringt."
Die Kinderfrau bekreuzigte sich.
Um sie zu beruhigen, lenkte ich das Gespräch auf den nächsten Punkt des Abends.
„Haben Sie gehört, dass Jerry Brockweber sagte, dass er die Situation mit dem Bettler schon mal erlebt habe?"
Lotte schüttelte den Kopf. „Dazu war ich zu aufgeregt. Außerdem hatten sich Elisa und Dascha beide fest an mich geklammert."

Die Stimme der Kinderfrau begann zu zittern, doch ich war noch nicht mit ihr fertig.
„Apropos Elisa", meinte ich, „haben Sie in den Wochen nach Zoes Tod Wesensveränderungen bei dem Mädchen bemerkt?"
„Natürlich!", rief die Kinderfrau. „Elisa war sogar völlig verändert. Ich musste sie beinahe täglich trösten und sie wollte kaum noch essen. Niemand von uns konnte die Kleine aufmuntern, nicht einmal ihre Tante Liz."
Lottes Stimme wurde brüchig. „Ich hatte Elisa noch nie in einer derart schlimmen Verfassung gesehen – und ich muss es schließlich wissen, denn ich kenne sie schon seit ihrer Geburt."
Bei diesen Worten musste ich an Liz Schneiders Erzählung denken und fragte Lotte, ob es stimmte, dass sie über eine Agentur zu den Königs gekommen war.
Die Kinderfrau lächelte.
„Ja, das ist richtig. Ich erinnere mich noch so gut an den Tag, als ob es gestern gewesen wäre. Dabei ist es schon dreizehn Jahre her. Damals war ich seit zwei Jahren verwitwet und auf der Suche nach einer Stelle. Doch dank meiner pädagogischen Ausbildung und einer vorübergehenden Stelle als Kinderfrau bei einer alteingesessenen Hamburger Familie hatte ich hervorragende Referenzen und wurde den Königs von der Agentur empfohlen. Barbara war damals noch schwanger. Ich habe mich ab dem ersten Tag um die Kleine gekümmert."
„Aber warum haben Sie nicht noch mal geheiratet?", fragte ich vorsichtig.
Lottes herzförmiges Gesicht verzog sich zu einer Grimasse des Schmerzes und sie schnäuzte in ein Tuch.

„Mein Mann starb nach langer, schwerer Krankheit. Karl war die Liebe meines Lebens. So etwas findet man nur einmal."
Als ihre Tränen endlich versiegten, fragte ich zu guter Letzt, was Lotte von ihrer Dienstherrin hielt.
„Barbara ist depressiv", sagte die gütige Kinderfrau, „und ehrlich gesagt kann ich das gut verstehen. Denn wer will schon mit einem Mann wie Randolph König zusammenleben? Ich finde ihn tyrannisch. Männer wie ihn sollte man ..."
Sie brach abrupt ab und tätschelte Günther.
„Jetzt muss ich aber packen. Auf Wiedersehen!"

Am Vormittag des nächsten Tages telefonierte ich mit der Assistentin jenes Richters, der in wenigen Stunden über Barbaras Freilassung entscheiden würde.
Gabriele Staup schuldete mir einen Gefallen, weil ich wusste, dass sie einen Mann angefahren und Fahrerflucht begangen hatte. Ja, die mausgraue Protokollantin hatte den Rentner einfach am Straßenrand liegen lassen und sich nicht einmal gemeldet, als sich herausgestellt hatte, dass er gelähmt bleiben würde.
Ihre Stimme klang ängstlich und brüchig.
„Wenn herauskommt, dass ich mit Ihnen rede, bin ich meinen Job los", flüsterte Gabriele und senkte ihre Stimme. „Wollen Sie wirklich kein Geld? Ich kann Ihnen 10 000 Euro geben, wenn Sie mich dann in Ruhe lassen."
„Nein", antwortete ich barsch. „Holen Sie endlich die Akte. Und lesen Sie mir alles vor!"
Zwei Minuten später saß Gabriele mit Barbaras Akte auf der einzigen Toilette im Zwischengeschoss des Justizgebäudes – an diesen Ort verzog sie sich immer, wenn sie

für mich spionierte - und blätterte mit zitternden Fingern Seite für Seite des Ordners um.
„Hier steht", flüsterte sie, „dass der Staatsanwalt die Beweise erdrückend findet: In der Hand des toten Mädchens war ein seltener Ohrring der Marke ‚Martin Katz' mit 27 Diamanten im Brillantschliff. Und am Ohr von Frau König hing das zweite Exemplar. Laut der Kripo hat das Opfer während des Todeskampfes gegen den besagten Ohrring geschlagen, woraufhin sich der Verschluss öffnete und sich die Hand des Kindes um das Schmuckstück schloss."
„Steht da auch, wie teuer die Ohrringe waren?"
Die Assistentin blätterte um.
„Ja. Das Paar kostete 42 000 Euro."
Ich pfiff durch die Zähne.
„Was steht da noch?"
„Dass die Verdächtige völlig verwirrt ist. In der ersten Vernehmung hat sie angegeben, dass sie ihre Tochter nach deren Allergieschub nicht im Kinderzimmer besucht habe. Aber beim zweiten Verhör klang das plötzlich ganz anders."
„Nämlich?"
„Auf einmal hat Frau König behauptet, dass sie sich nicht mehr erinnern könne, ob sie bei Elisa war."
„Aber wird Richter Wirth Frau König heute freilassen?"
„Keine Ahnung", meinte Gabriele. „Er will sie erst einmal verhören."
Zwei Stunden später war Barbaras Kautionsanhörung.
Die Verdächtige erschien in Handschellen und Anstaltskleidung.
Barbara trug einen weiten Pulli sowie eine Jeans mit Gummizug.

Zu meinem Erstaunen zitterte sie wie Espenlaub.
„Sind Sie krank?“, fragte Richter Wirth.
Barbara nickte.
„Ich brauche dringend meine Tabletten“, sagte sie mit schwerer Stimme. „Ich fühle mich furchtbar.“
Nach diesen Worten glitt mein Blick über die Köpfe der Versammelten.
Randolph König wirkte gebrochen.
In dem kalten Gerichtssaal erinnerte nichts mehr an den cholerischen Fabrikanten.
Im Gegenteil: Der Mann hatte verheulte Augen und er rief laut: „Barbara!“
Doch seine Frau ignorierte ihn.
Derrick und Samantha Brockweber waren ebenfalls anwesend.
Die schwarze Südstaatenschönheit war gelassen wie immer, während der Nervenarzt mit einem Mann diskutierte, dessen flaches Gesicht mich an einen Pitbull erinnerte.
Heinrich König schlief in seinem Rollstuhl, Jerry war mit seinem Handy beschäftigt und Lotte und Liz beschäftigten Dascha.
Zuerst erklärte der Staatsanwalt – ein sehniger Typ mit Nickelbrille –, weshalb er Barbara nicht freilassen wollte: „Frau König ist medikamentensüchtig. Wie man deutlich sieht, leidet sie unter Entzugserscheinungen. Aus meiner Sicht besteht ein Suizidrisiko. Außerdem könnte sie eine Gefahr für ihre Kinder darstellen, weil sie offenbar paranoid ist.“
Als Nächster kam Randolphs Anwalt zu Wort.
Marty Malowsky war der Typ mit der Pitbullfresse.

„Laut Frau Königs Hausarzt braucht meine Mandantin spezielle Medikamente. Allein das ist Grund genug, sie in die Obhut ihres Arztes zu geben. Außerdem ist der Ehemann meiner Mandantin, Randolph König, zur Zahlung jedweder Kaution bereit, damit seine Frau bis zur Hauptverhandlung auf freien Fuß kommt. Natürlich sind wir damit einverstanden, dass sämtliche Pässe einbehalten werden. Und selbstverständlich kommt Frau König auch einer täglichen Meldepflicht nach."
Der Richter musterte Barbara.
„Weshalb haben Sie zuerst gesagt, dass Sie nicht im Kinderzimmer gewesen seien? Und warum meinten Sie später, dass Sie sich nicht mehr daran erinnern würden?"
Barbara weinte: „Habe ich das wirklich? Ich bin schrecklich durcheinander!"
Der Richter seufzte.
„Haben Sie sonst noch was vorzubringen?"
Barbara erhob sich.
„Mir ist nur eine Sache wichtig", sagte sie mit brüchiger Stimme. „Ich möchte Elisas Beisetzung beiwohnen."
Nach diesen Worten sprach der Richter sein Urteil: „Hiermit lege ich die Kaution auf zwei Millionen Euro fest. Die Pässe der Beschuldigten sind bei Gericht zu hinterlegen, außerdem muss sich Barbara König zweimal täglich auf einer Polizeistation melden. Sie darf Hamburg nicht verlassen und sich nicht allein mit ihren Kindern aufhalten."

Eine Viertelstunde später nahmen wir Barbara in Empfang.
Als sie erschien, streckte ihr Randolph seine Hände entgegen, doch stattdessen ergriff sie meine.

„Gut, dass Sie da sind", flüsterte Frau König. „Bei der Beisetzung in vier Tagen brauche ich Ihren seelischen Beistand."
Sie hakte sich bei Derrick ein. „Außerdem brauche ich unbedingt meine Pillen. Im Gefängnis habe ich nur Ibuprofen bekommen. Dabei leide ich unter rasenden Kopfschmerzen. Und ich fühle mich matschig und grippig."
Derrick beruhigte die kränkliche Frau, und während wir alle nach draußen gingen und Samantha Barbara argwöhnisch musterte und Dascha an Barbaras Pulli zog, um auf sich aufmerksam zu machen, stieg Barbara einfach in eine von Randolphs bereitgestellten Limousinen – und merkte nicht, dass Dascha hinfiel.
„Aua!", rief Dascha und begann sofort zu weinen.
„Ich bin gestürzt! Und ich blute! In meiner Hand stecken lauter schwarze Schottersteinchen. Das tut so weh! Das tut soooooo weh!"
Die Kinderfrau war blitzschnell zur Stelle.
Und während Barbara nicht mal hörte, dass Dascha weinte, half Lotte dem Mädchen, indem sie die Steine blitzschnell mit einer Pinzette rauspulte und das Kind fest an sich drückte.
In diesem Moment verstand ich zum ersten Mal, warum Samantha Barbara verachtete.
Ja, während auch wir in die Limousinen stiegen, sah ich den Fall in neuem Licht.
Was, wenn es dem Mörder gar nicht um Elisa gegangen war – sondern um Barbaras Verhaftung?
Und was, wenn er sie aus dem Weg räumen wollte, weil sie ihn seit Jahren enttäuschte oder nervte oder anwiderte?
Als hätte Heinrich König meine Gedanken gelesen, brabbelte er etwas von „krankem Unkraut", das man

herausreißen müsse, bevor es die gesunden Pflanzen infiziere.
Ich schaute ihn an und er lächelte hässlich.

In der Wohnung der Königs half ich Lotte, Daschas Wunden zu verarzten.
Das kleine Mädchen war wieder wohlauf.
Während die Kinderfrau Daschas Hand mit nassen Tüchern reinigte und Salbe auf die Wunden schmierte und hier und da ein Pflaster aufklebte und an Dascha appellierte, die Hand ruhig zu halten, weil sie dann später einen „leckeren Lolli" bekommen würde, erzählte mir die Kleine, dass sie immer noch Detektivin werden wolle und bereits „mehrere Sachen" herausgefunden habe.
„Tatsächlich?", sagte ich lächelnd. „Dann erzähl mal!"
Erfreut, dass sich jemand für ihre Märchen interessierte, begann Dascha Geschichten von Gespenstern zu erzählen, die sich am Abend des Todes ihrer Schwester „soooo klein" gemacht hätten, dass sie durch Elisas Schlüsselloch passten, und kaum dass sie im Kinderzimmer gewesen waren, wieder „soooo groß" geworden seien, dass sie Elisas Bett umringten, bis das größte von ihnen, Aladdins Dschinni, ihrer Schwester versehentlich ein „Aua" zugefügt habe.
„Dschinni wollte Elisa nicht wehtun", sagte Dascha und musterte ihre verarztete Hand.
Lotte gab ihr einen Kuss und verließ das Badezimmer.
Ich ging in die Hocke.
„Und was hast du noch gesehen?"
„Zoe Brockweber", meinte das Mädchen. „Wenn ich nachts aufwache, steht Zoe manchmal vor meinem Bett."
Ich streichelte die Kleine.

„Will sie dir etwa wehtun?"
Dascha überlegte und ihre Augen verengten sich.
„Ich bin mir nicht sicher", meinte sie altklug, „ein bisschen komisch kommt sie mir schon vor. Aber eigentlich habe ich mehr das Gefühl, als ob sie ... Kann ich ehrlich zu dir sein?"
Ich nickte und das Kind fuhr fort: „Papa und Lotte glauben mir nicht und Tante Liz will ich es nicht erzählen. Aber du" – sie starrte auf ihre gefalteten Hände – „du kommst mir ziemlich freundlich vor. Wer bist du eigentlich?"
„Ein guter Mensch", entgegnete ich und nahm Dascha auf meinen Schoß. „Jetzt erzähl mal! Was will Zoe von dir?"
„Sie will was von mir zurückhaben", antwortete Dascha. „Sie benimmt sich ständig so wie früher, wenn wir zu dritt miteinander gespielt haben. Immer will sie das Sagen haben. Und immer tut sie mächtig angeben. Dabei mag ich ihre Spiele überhaupt nicht."
„Und warum nicht?", fragte ich.
Dascha blickte mich traurig an.
„Weil sie immer so verrückte Ideen hat! Einmal hat sie behauptet, dass sie mit verbundenen Augen auf eine Leiter steigen kann. Und ein anderes Mal hat sie damit angegeben, dass sie Onkel Derrick manchmal Sachen aus seiner Arzttasche geklaut hat. Elisa und ich wollten ihr das nicht glauben, aber sie hatte tatsächlich eine ganze Schublade voller bunter Klümpchen, die wie Bonbons aussahen, aber gar keine Bonbons waren."
Ich war elektrisiert.
„Waren das vielleicht Medikamente?"
Dascha zuckte mit den Schultern.
„Vielleicht. Auf jeden Fall habe ich Zoe damals ein Päckchen voller Bonbons weggenommen und es meinen

Puppen gegen ihre Spuckerchen gegeben. Aber vor ein paar Tagen" – sie blickte sich um und senkte ihre Stimme – „waren die ganzen Bonbons weg! Glaubst du, dass Zoe sie wiedergeholt hat? Oder dass sie sie von mir wiederhaben will? Und dass sie deshalb nachts vor meinem Bett steht?"

Ich überlegte.

Wenn es stimmte, was Dascha sagte, könnte es sich bei dem Päckchen mit den „Bonbons" um jenes Brechmittel handeln, das der Gerichtsmediziner im Magen von Elisa gefunden hatte.

Um meine kleine Informantin nicht weiter zu beunruhigen, erzählte ich Dascha, dass sie sich nicht mehr sorgen müsse, weil Zoe ihre „Bonbons" bestimmt nicht mehr brauche.

„Sie wird dich nachts nicht mehr besuchen", versprach ich der Kleinen und fragte sie, ob sie sonst noch was auf dem Herzen habe.

Die Antwort gab mir einen Stich ins Herz.

„Nur eine Kleinigkeit", entgegnete Dascha. „Ich wünsche mir so, dass Mama mich endlich sieht. Aber meine Mutter" – sie biss an ihren Fingernägeln – „guckt immer Onkel Derrick an und mich überhaupt nicht. Glaubst du, dass sie Onkel Derrick lieber hat als Papa? Und dass sie eines Tages von uns weggeht?"

Ich schüttelte den Kopf.

„Niemals, kleines Mädchen", antwortete ich freundlich. „Deine Mama liebt dich sehr – obwohl sie vielleicht ein kleines bisschen krank ist. Aber das ist nur vorübergehend."

„Dann bin ich erleichtert", jauchzte Dascha. „Ich möchte nämlich wirklich, dass es meiner Mama gut geht."

Ihre kleine Hand strich über meine. „Darf ich dich noch eine letzte Sache fragen?"
Sie blickte mich ernst an und ich nickte ihr zu.
„Glaubst du, dass der schwarze Mann noch mal wiederkommt?"
Ich hob meine Brauen.
„Meinst du den Bettler von Heiligabend? Nein, ganz bestimmt nicht. Dein Papa passt künftig besser auf."
Dascha rückte etwas näher.
„Aber was wäre", flüsterte sie, „wenn ich ihn schon mal gesehen hätte?"
Ich nahm ihr Kinn in meine Hand und hob ihr Gesicht an.
Nun blickte sie direkt in meine Augen und ich sagte: „Du musst mir jetzt die Wahrheit sagen. Hast du ihn wirklich schon mal gesehen?"
Das Mädchen nickte.
„Zuerst hat er Zoe geholt – und danach meine Schwester. Was, wenn er mich als Nächstes holt? Und was, wenn er mir wehtut, weil mir wieder einfallen könnte, woher ich ihn kenne? Ich habe wirklich große Angst. Der schwarze Mann macht mir furchtbare Angst."
Ich nahm die Kleine in die Arme.
Und während meine Hand automatisch über Daschas Haar strich, überlegte ich, ob sie vielleicht recht haben könnte – oder ob „die kleine Detektivin" Zoe und Elisa getötet hatte, um sich wichtig zu machen und endlich die Aufmerksamkeit ihrer Mutter zu bekommen.

Im Wohnzimmer sah ich, dass sich Barbara König umgezogen hatte.

Statt des weiten Pullis trug die Fabrikantengattin nun ein rosafarbenes Gucci-Midikleid aus Wollcrêpe.
Sie saß vor dem flackernden Kamin, starrte ins Feuer und knetete die Hände.
Als ich sie ansprach, bat sie mich, neben ihr Platz zu nehmen.
„Wie geht es Ihnen?“, fragte ich.
Barbara lächelte gequält.
„Miserabel“, meinte sie. „Ich fühle mich ganz betäubt, als ob ich unter einer Glocke wäre, und die Zeit im Gefängnis hat meinen Zustand nur noch verschlimmert.“
Ich musterte Frau König.
Sie wirkte benommen.
Ihr gepflegtes Antlitz war fahl und ihr Gesichtsausdruck geistesabwesend.
„Wenn Derricks Medizin nicht wäre ...“, murmelte sie.
„Ja?“, fragte ich. „Was wäre dann?“
Barbara starrte geradeaus ins Feuer und zeichnete eine Flamme nach. „Dann würde ich an dieser Sache zerbrechen. Verstehen Sie? Ich bin völlig am Ende! Ich ...“
Sie murmelte ein paar unverständliche Dinge und ich griff nach ihrer Hand.
Trotz des Feuers war sie eiskalt.
„Sollen wir gemeinsam beten?“
Barbara schüttelte den Kopf.
„Ich möchte lieber mit Ihnen reden.“
Sie blickte mich so durchdringend an, dass es mir durch Mark und Bein fuhr. „Halten Sie es für möglich, dass eine Mutter ihr Kind tötet?“
Ich dachte an Medea.
Die griechische Sagengestalt hatte ihre Kinder umgebracht, um sich an ihrem Mann zu rächen.

„Es wäre möglich“, entgegnete ich leise.
„Und dass sie es anschließend vergisst?“
Ich zuckte mit den Achseln.
Barbara lächelte.
„Das denke ich auch – und deshalb gibt's nur einen Ausweg.“
Ich erschrak.
Dachte sie etwa an Suizid?
Um die offensichtlich unter Betäubungsmitteln stehende Frau – scheinbar hatte Derrick Barbara zwischenzeitlich etwas gespritzt – rasch auf andere Gedanken zu bringen, sagte ich: „Doch natürlich gibt es auch noch eine andere Möglichkeit.“
„Und die wäre?“
„Hass“, entgegnete ich und erklärte ihr, was ich mit dieser Anspielung meinte: „Vielleicht gibt es jemanden, der Sie verachtet. Und vielleicht handelt es sich dabei um eine Person, die Ihren Zustand ausnutzt.“
„Wie meinen Sie das?“, fragte Barbara.
„Ganz einfach: Vielleicht ist es für jemanden ganz praktisch, dass Sie von schwacher Konstitution sind. Darf ich Ihnen ein paar intime Fragen stellen?“
Die Kranke nickte. „Was möchten Sie wissen?“
„Wann fing Ihre Krankheit an?“
„Kurz nach meiner Heirat mit Randolph“, überlegte Barbara. „Vorher war ich vital und jung gewesen, aber nachdem ich bei ihm eingezogen war, wurde ich allmählich kränklich und schwächelnd – und es wurde immer schlimmer.“
„Welche Symptome hatten Sie?“

„Morgens kam ich kaum aus dem Bett. Tagsüber verbrachte ich den ganzen Tag auf der Chaiselongue. Und abends war ich wie erschlagen."

„Haben Sie mal einen anderen Arzt als Dr. Brockweber konsultiert?"

Die Fabrikantengattin nickte.

„Ich bin sogar von Arzt zu Arzt gelaufen, aber niemand hat was gefunden. Meine Blutwerte sind in Ordnung, mein Körper ist tipptopp – und dennoch fühle ich mich halb tot. Wenn Derrick nicht wäre und mir keine Spritzen gäbe, würde ich den ganzen Tag verschlafen."

Ich hob die Hand.

„Verzeihen Sie, wenn ich das jetzt sage, aber Sie machen nicht den Eindruck, als ob Sie glücklich mit Randolph wären."

Barbara zuckte mit den Achseln.

„Er meint es gut, aber Sie wissen ja, wie mein Mann tickt."

„Warum verlassen Sie ihn nicht?"

Frau König lachte spöttisch auf.

„Und was soll ich dann machen? Wer soll sich dann um mich kümmern? Nein, lieber lebe ich im goldenen Käfig, als in irgendeinem Pflegeheim dahinzuvegetieren."

Ich beugte mich vor. „Haben Sie Feinde?"

Barbara überlegte.

„Randolph liebt mich und Derrick kümmert sich sehr um mich. Lotte ist meine größte Stütze. Aber ja ... ich glaube, dass mein Schwiegervater mich hasst. Und Samantha mag mich auch nicht. Genau wie ihr Sohn Jerry – der guckt mich immer so komisch an."

„Und Ihre Schwester?", fragte ich. „Könnte sie Sie heimlich hassen?"

Barbara schüttelte den Kopf. „Liz? Niemals! Sie würde alles für mich tun."
„Doch wieso haben Sie Kinder bekommen, wenn Sie doch so schwach sind?"
Barbara seufzte.
„Das war eine Abmachung. Vor der Hochzeit hat Randolph verlangt, dass ich ihm so lange Kinder schenke, bis wir einen Sohn bekommen – Sie verstehen schon: einen Erben."
Ich drückte Barbaras kalte Hand.
„Darf ich Ihren Sohn mal sehen?"
„Leon? Natürlich!"
Barbara läutete nach Lotte.
Zwei Minuten später lachte mich ein quietschvergnügter, rundlicher Junge an.
Ja, Leon König war ein Bild von einem Säugling.
Zufrieden lehnte ich mich zurück.
Frau König musterte mich interessiert. „Was denken Sie gerade"?
Ich flüsterte ihr etwas ins Ohr.
Barbara hörte mir aufmerksam zu.
Als ich fertig war, starrte sie mich erregt an – und für einige Sekunden erinnerte nichts mehr an die schwächliche Kranke.
Im Gegenteil: Frau König war zutiefst erleichtert.
„Habe ich recht?", fragte ich.
Die Fabrikantengattin nickte und nach einem kurzen Lächeln sackte sie wieder in sich zusammen.

Randolph König saß in der Bibliothek.
Er war mit einem Geduldsspiel beschäftigt.

Ich beobachtete zwei Minuten, wie er versuchte, ein deformiertes Ei, das einem Zauberwürfel ähnelte, in eine ovale Form zu bringen, und machte mich schließlich durch ein Räuspern bemerkbar.
Der Fabrikant bot mir einen Platz an.
„Wie geht's meiner Frau?"
„Barbara ruht sich etwas aus", erwiderte ich tonlos.
„Gut", sagte der Fleischberg. „Haben Sie ihr die Beichte abgenommen?"
Ich schüttelte den Kopf.
„Aus Barbaras Sicht gibt's gar nichts zu beichten."
Der Fabrikant nickte und seine kleinen, dicken Finger drehten so geschickt an dem Ei, dass es ein bisschen ovaler wurde.
„Das sehe ich genauso. Barbara ist unschuldig."
Ich taxierte den Mann.
Tiefe Schatten um seine Augen verrieten mir, dass er nicht genug schlief.
Außerdem hatte Randolph aufgebissene Lippen.
Offenbar stand er dermaßen unter Druck, dass er kurz vorm Platzen war.
Ich beugte mich vor.
„Haben Sie eine Theorie, wer Ihre Tochter umgebracht hat?", fragte ich vorsichtig, als Randolph auch schon explodierte.
„Das war der Bettler!", polterte er und steigerte sich so sehr in eine Hasstirade gegen das „Pennerpack" hinein, dass seine Stirnader bedenklich pochte. „Die Bullendeppen sind zu doof, um den Eindringling zu finden. Aber meine Informanten durchsuchen schon die ganze Stadt – und bald werden sie ihn haben."

Zufrieden mit sich und seiner Taktik drehte Randolph so feste am Ei, dass die feine Mechanik knackte.
Vorsichtig fragte ich, was er mit dem Bettler vorhabe, und erfuhr, dass der Fleischberg „effiziente Methoden“ kannte, um ein Geständnis zu erpressen.
„Folter ist nichts für die Leute von der Kirche“, murmelte er, ohne aufzublicken.
Ich ließ nicht locker. „Lösen Sie Probleme oft mit Gewalt?“
Der Fabrikant nickte.
„Das hat mein Vater mich gelehrt. Ich war schon immer ein Anführertyp. In der Schule hatte ich eine Clique, die Schwächlinge und Homos und Behinderte ... Ach, das ist ebenfalls nichts für Sie.“
Nun fragte ich ihn nach dem Corpus Delicti.
„Wo haben Sie die Ohrringe gekauft?“
„Bei Juwelier Wempe. Warum ist das wichtig?“
Ohne ihm eine Antwort zu geben, bat ich ihn um den Kaufbeleg und musterte die Quittung.
Randolph hatte den teuren Schmuck am 10. Dezember in der City erworben – und ja, die Ohrringe hatten wirklich 42 000 Euro gekostet.
Ich gab ihm den Kaufbeleg zurück.
„Haben Sie vor dem Mord an Elisa irgendwelche Drohungen erhalten?“
Der Fleischberg verneinte.
„Warum haben Sie keinen Bodyguard?“
„Weil ich mir bislang sicher war, dass man in einer Wohnung wie meiner, die sich im Obergeschoss eines Hauses befindet, das nur mit einem speziellen Liftschlüssel erreichbar ist, keinen braucht“, entgegnete Randolph. „Und wer rechnet schon damit, dass der Feind ausgerechnet an

Heiligabend in der eigenen Wohnung steht und die eigene Tochter tötet?"
Ich schlug die Beine übereinander.
„Wussten Sie, dass Ihr Vater noch laufen kann?"
„Natürlich", meinte Randolph, während seine Fingergelenke knackten. „Der alte Mann kann sogar noch ..." Er sah mich provozierend an. „Sie wissen schon: Sein Ding funktioniert noch."
Diese Aussage schockierte mich wenig, doch weil ich wusste, dass Angeber wie Randolph andere gern verlegen machen, hüstelte ich und senkte die Stimme.
„Was denken Sie über die Krankheit Ihrer Gattin?"
Der Fleischberg blickte erneut auf.
„Wenn ich ehrlich sein soll", sagte er leise und sein Gesicht wurde bekümmert, „besorgt mich Barbaras Leiden sehr. Als ich sie kennenlernte, war sie vital und jung und frisch. Aber mit den Jahren wurde sie immer schwächer und kränker."
„Was hat sie wohl?", fragte ich behutsam.
„Irgendwas mit der Psyche", entgegnete Randolph. „Aber zum Glück kümmert sich Derrick ja so ausgiebig um meine Frau, als wäre sie seine. Ich hätte ihn längst ... Ach, vergessen Sie es."
Die Zähne des Fabrikanten knirschten.
Nun stellte ich die letzte Frage: „Können Sie sich vorstellen, dass Barbara einen Feind hat?"
Randolph wurde dunkelrot. „Wie meinen Sie das?"
Ich beugte mich vor.
„Vielleicht will jemand Ihrer liebreizenden Gattin einen Mord in die Schuhe schieben, weil er ..."
Der Fabrikant stand schlagartig auf.

„Das ist genug!“, schrie Randolph König und zerschmetterte das fertige Ei.
Anschließend stapfte er zum Ausgang.
Doch bevor er die Tür erreichte, drehte er sich noch mal um, lächelte bedrohlich und meinte wutschnaubend: „Ich habe Ihnen doch gesagt, dass es der Bettler war. Wenn ich ihn in die Finger kriege, trete ich ihn matschig. Ja, ich mache Hackfleisch aus ihm. Und nun auf Wiedersehen! Wir sehen uns auf der Trauerfeier.“

Nach einer einsamen Silvesterfeier mit Günther – mein einziges Highlight war der Blick durch den Feldstecher in die Wohnung der Königs, die gemeinsam mit den Brockwebers dinierten – kam endlich der Tag der Trauerfeier.
Eine Stunde bevor sie anfing, legte ich mich bereits auf die Lauer.
Denn vielleicht würde ja der Bettler kommen und vielleicht würde ich sein Gesicht irgendwo zwischen den Gästen entdecken.
In den letzten Tagen hatte ich viel über den seltsamen Eindringling nachgedacht und dabei sogar in Erwägung gezogen, dass es sich bei ihm um Jerrys Erzeuger, der angeblich in Amerika lebte, handelte.
Doch meine Recherchen hatten ergeben, dass Samantha die Wahrheit gesagt hatte.
Bill Brooks – das war Jerrys Vater – saß seit drei Jahren in Rikers Island.
Aber wer war der Bettler dann?
Um 9 Uhr füllte sich der Friedhof.
Zuerst kamen zwei Bestatterinnen von Hamburgs bestem Beerdigungsinstitut – „Haus Grau“ in der Schmuckstraße.

Die Damen nickten mir freundlich zu, und nachdem ich mich als die Person vorgestellt hatte, die die Familie seelsorgerisch betreute, beantworteten sie mir einige Fragen. So wusste die Chefin, Golda Grau, dass Elisa offen aufgebahrt werden würde, während ihre Partnerin, Connie Dizius, mir erzählte, dass es schwer gewesen sei, das obduzierte Mädchen vorzeigbar zu machen.
Um 10.30 Uhr füllte sich die Kapelle.
Um 11.00 Uhr begann die Trauerfeier.
Das Gotteshaus war rappelvoll.
Von meiner Position auf einer schattigen Empore aus hatte ich alles im Blick.
Mein Opernglas flog über die Gesichter, doch einen Bettler mit einem lila Blutschwamm konnte ich nirgendwo entdecken.
Stattdessen sah ich, dass die Trauergemeinde nach Woelkchens Predigt vor Elisas Sarg trat.
Zuerst kamen Randolph und Barbara König.
Der Fabrikant weinte bittere Tränen, während seine Gattin teilnahmslos wirkte.
Offenbar stand Barbara wieder unter dem Einfluss von Betäubungsmitteln.
Sie trug ein schwarzes Kleid aus Krepp mit Raffungen von Thierry Mugler.
Randolph strich Elisa eine Strähne aus der Stirn, während Barbara eine Rose auf die Brust des Mädchens legte.
Nach den Eltern kam Lotte mit Dascha.
Die Kinderfrau küsste Elisa auf die Stirn, während Dascha ihre Schwester mit einer Kinderkamera, die an diesem Tag noch bedeutsam werden sollte, ablichtete.
Als Lotte und Dascha zur Seite traten, erblickte ich Liz, die Heinrich schob.

Die Tante trug eine Sonnenbrille.
Sie legte ihre Hand auf Daschas, sagte ein paar Worte und rollte dann den Greis zum Sarg.
Doch Heinrich war völlig überfordert.
„Ist das meine Mutter?", fragte er und deutete auf das tote Mädchen. „Wo sind wir hier? Was ist denn los?"
Die Tante rollte ihn rasch weg.
Als Letzte kamen die Brockwebers.
Genau wie Randolph war auch Derrick in Tränen aufgelöst, während Samantha und Jerry sich diskret, aber auch distanziert seitlich neben dem Sarg positionierten.
Zweifelsohne: Die Reaktionen der Familie auf die Aufbahrung des Mädchens waren höchst unterschiedlich.
Doch von der Empore aus sah ich noch mehr.
Samantha warf Barbara vernichtende Blicke zu.
Jerry spielte mit seinem Handy.
Randolph und Derrick waren erschüttert, während ihre Frauen eher teilnahmslos wirkten.
Und Dascha, die nach der Beisetzung allen erzählte, dass sie eine kleine Detektivin sei, und jeden mit ihrer Kamera knipste, gab so sehr an, dass sie unter den Trauergästen mit ihren plötzlichen Andeutungen, dass sie etwas herausgefunden hatte und es heute noch verraten würde, für allgemeine Unruhe und das ein oder andere Stirnrunzeln sorgte.
Ja, obwohl Randolph und Derrick sich bemühten, dem Mädchen sein Geheimnis zu entlocken, waren sie nicht erfolgreich.
Und auch Liz und Lotte und Samantha, die Dascha schmeichelten und bedrängten, ernteten bloß eine eiskalte Abfuhr.

Am Ende gab Dascha so sehr an, dass Lotte mich beiseitenahm.
„Mir will sie nicht sagen, was sie entdeckt hat", meinte die Kinderfrau besorgt, „aber Ihnen verrät sie es bestimmt. Bitte finden Sie es heraus. Denn wenn das dumme Ding wirklich etwas weiß, könnte ihr das zum Verhängnis werden."
Ich blickte Lotte fragend an und erntete ein Achselzucken.
„Sie wissen, was ich meine", entgegnete die Kinderfrau. „Der Mörder läuft noch frei herum. Ich sorge mich um Daschas Leben!"

Nach der Trauerfeier trafen wir uns in der Wohnung der Königs.
Zu meinem Erstaunen saßen die Gäste auf denselben Plätzen wie an jenem Abend, als Elisa umgebracht worden war.
Ich musterte die Tischrunde.
Linksseitig – mit dem Blick zur Küche – saßen Lotte Lehmann, Randolph König, ich, Barbara und Jerry.
Uns gegenüber – mit einem spektakulären Blick auf den Hafen – waren der Greis, Tante Liz, Dascha, Derrick und Samantha platziert.
Mir war unwohl zwischen Randolph und Barbara, und als der Hausherr seine fleischige Hand auf meine legte und mich tätschelte und mir kumpelhaft zunickte, fühlte ich mich so eingeengt, dass ich am liebsten verschwunden wäre.
Doch stattdessen musterte ich Dascha, die mir gegenübersaß und ein Bild malte.
Von meiner Position aus konnte ich erkennen, dass es sich dabei um das Porträt eines Mannes handelte, der mir

irgendwie vertraut vorkam, aber bevor ich weiter darüber nachdenken konnte, servierte uns Mamie Gebäck, während Pierre fragte, ob wir Tee oder Kaffee wollten, und uns einschenkte.
Ich entschied mich für Tee und taxierte Dascha, deren Bild nun fertig war.
„Wer ist das, Schätzchen?“, fragte Liz und ihre Nichte strahlte sie an.
„Das ist ein Onkel, den ich kenne“, antwortete Dascha, „und er ist überhaupt nicht böse.“
Ich griff nach dem Zettel. „Darf ich mal sehen?“
Dascha schüttelte den Kopf.
„Jetzt nicht“, entgegnete die altkluge Kleine, „du musst dich leider noch ein bisschen gedulden. Denn bestimmt hast du schon gehört, dass ein echter Detektiv so lange mit der Auflösung wartet, bis die Spannung kaum noch auszuhalten ist. Und ich bin ebenfalls eine Detektivin. Ich habe etwas herausgefunden. Noch heute verrate ich euch, was es ist.“
Sie blickte triumphierend in die Runde und ihr Blick klebte an Liz.
„Das gilt auch für dich, Tante Liz. Und“ – ihre Augen wanderten weiter zu Samantha – „auch für dich, Tante Sam, und für dich, Onkel Derrick. Ja, ihr müsst euch alle gedulden. Aber glaubt mir eins: Wenn ich es euch verrate, werdet ihr Bauklötze staunen! Ihr seid ja so dumm und ich bin ja so schlau. Ihr seid so blind, während ich alles weiß. Ihr seid so ...“
Randolph unterbrach sie.
„Nicht so frech, junge Dame! Wenn du wirklich was zu sagen hast, dann erzähl es uns jetzt. Aber wenn du bloß die Luft verpesten willst, dann zisch ab auf dein Zimmer

und reg dich ein paar Minuten ab. Wenn du dich wieder normal benimmst, darfst du zurückkommen."

Dascha riss die Augen auf und Barbara nickte dem Mädchen zu.

„Hast du nicht gehört, was dein Vater gesagt hat? Ab auf dein Zimmer, kleine Lady! Wir möchten jetzt in Ruhe essen."

Dascha murrte noch ein wenig, doch da die Tafelgäste sie größtenteils genervt anstarrten, trollte sich die Kleine.

Ich blickte dem vorlauten Mädchen nach.

Zu dumm, dass es mir die Zeichnung nicht gezeigt hatte.

Wenn das Kind nicht übertrieb und tatsächlich etwas herausgefunden hatte, musste sich der Mörder in diesem Moment extrem bedroht fühlen.

Ich erinnerte mich an die Nitrilhandschuhe und daran, wie der Mörder sie im letzten Moment mit den Luftballons entsorgt hatte.

Er ist brandgefährlich, dachte ich und musterte die Tischgesellschaft.

Doch keiner der Anwesenden wirkte anders als sonst.

Lotte schaukelte das Baby.

Jerry war – wie immer – mit seinem Handy beschäftigt.

Heinrich schlief in seinem Rollstuhl.

Liz' Handy vibrierte.

Barbara starrte Derrick an.

Samantha und Randolph beobachteten sie.

Und der feine Herr Doktor nippte an seiner Tasse.

Ich tat es ihm gleich und trank meinen Tee aus.

Dann stand ich auf.

„Ich gehe jetzt mal kurz zu Da...", setzte ich an, als ich plötzlich nach Luft rang und meine Tasse fallen ließ.

Als sie auf dem Boden aufschlug, starrten mich die Gäste an.
Doch ihre Gesichter waren verschwommen.
„Was passiert hier?", wollte ich rufen, doch stattdessen kam nur ein Krächzen aus meiner Kehle. Und im selben Moment, als ich glaubte zu ersticken und sich meine Augen panisch vorwölbten und meine Beine den Dienst versagten, spürte ich den Einstich einer Spritze und erblickte Derricks Gesicht über mir.
„Bleiben Sie bei uns!", rief der Doktor, während er mir etwas injizierte. „Das ist bloß ein Allergieschub. Gleich geht's Ihnen schon besser."
Ich sank auf den Boden.
Eine Minute später wurde mein Kopf auf ein Kissen gebettet, und während Derrick meinen Puls fühlte und Liz davonlief, um ein kühles Tuch für meine Stirn zu besorgen, und ich Mamie beten hörte und genau wahrnahm, dass alle durcheinanderliefen und sich gegenseitig mit Tipps und Ratschlägen übertrafen, musste ich mich übergeben.
Drei Minuten später hockte ich – in einer überaus peinlichen Position – auf Knien vor der Toilette der Königs, wo ich mein Haupt über die Schüssel beugte, während mich Liz und Samantha beruhigten.
Das war der Tee, dachte ich und wollte Liz zu Dascha schicken, weil ich mich schrecklich um sie sorgte, aber bis ich mich tatsächlich wieder verständlich äußern konnte, vergingen wertvolle Minuten – und als ich schließlich wacklig aufstand, war es zu spät.
Denn ich hörte einen Schrei und sah, dass alle Gäste, angeführt von Randolph und Derrick, durch den Flur zum Kinderzimmer liefen.

„Was ist da los?“, fragte Samantha und lief, genau wie Liz, aus dem Bad.
Ich folgte den beiden auf wackligen Füßen und sah im nächsten Augenblick, dass meine schlimmsten Befürchtungen wahr geworden waren.
Dascha lag tot in ihrem Bett – erstickt mit einem rosa Kissen.

Während die Polizei den Tatort inspizierte, wurden wir alle ins Wohnzimmer verfrachtet, wo uns zwei Kommissare namens Groll und Goulue mit Fragen malträtierten.
Als die Ermittler begriffen, dass ich nichts mit dem Mord zu tun haben konnte, weil ich die ganze Zeit über der Toilette gehangen hatte, durfte ich mich frei bewegen und ging als Erstes zur Kaffeetafel.
Diesmal hatte Liz das Geschirr nicht in die Spülmaschine gesteckt – und ja, selbst die Reste meiner zerbrochenen Tasse lagen noch verstreut am Boden.
Ich kniete mich nieder, um sie zu inspizieren.
Auf dem mittig durchgebrochenen Tassenboden befand sich eine klebrige Substanz.
Ich steckte die beiden Scherben ein.
Dann ging ich schnurstracks zum Kinderzimmer.
Hier waren Forensiker mit der Leiche beschäftigt und ich musste draußen bleiben.
Doch zum Glück nahm Kommissar Groll meine Bitte, nach einer Zeichnung Ausschau zu halten, überaus ernst.
Ja, der Ermittler suchte überall nach Daschas Bild, aber er wurde nicht fündig.
Deshalb ging ich nach draußen.
Auf den Balkonen war es windig.
Das bedeutete, dass ich zu spät war.

Diesmal hatte der Mörder das verräterische Indiz gewiss über die Brüstung geworfen und Daschas Zeichnung zuvor zerfetzt.
Aber wen hatte das kleine Mädchen gemalt?
Ich versuchte, mir das Porträt ins Gedächtnis zu rufen.
Der Mann hatte Bartstoppeln, einen offenen Blick und ...
Ja, das war es!
Dascha hatte den Bettler gezeichnet!
Was hatte das arme Mädchen gesagt?
„Das ist ein Onkel, den ich kenne, und er ist überhaupt nicht böse."
Doch wo konnte Dascha den Mann früher schon mal gesehen haben?
Und warum hatte sie den Blutschwamm ausgespart?
Ich schlug mir vor die Stirn.
War es vielleicht möglich, dass der Makel gar nicht echt gewesen war?
Natürlich, dachte ich, das ist es! Der Bettler hat sich den Blutschwamm aufgemalt.
Für mich bedeutete diese Erkenntnis, dass ich ein neues Phantombild brauchte, um die Zeugen, Nachbarn und Obdachlosenquartiere noch mal zu befragen.
Wieder im Penthouse sprach mich die Polizei an.
„Gut, dass Sie jetzt vernehmungsfähig sind. Wir müssen Ihre Aussage mit den Erinnerungen der anderen abgleichen. Stimmt es, dass Sie auf der Beerdigung waren? Und dass sich Dascha König dort verhaltensauffällig benommen hat?"
Ich nickte.
„Ja, Dascha hat angegeben. Angeblich hatte sie was herausgefunden. Außerdem hat sie alle Gäste geknipst – mit ihrer Kinderkamera."

„Die haben wir schon“, entgegnete Groll. „Und was geschah nach der Rückkehr ins Penthouse?“
„Bei Tisch hat die Kleine weitergeprahlt. Zuerst hat sie ein Bild gemalt – angeblich von einem ziemlich netten Onkel. Anschließend meinte sie, dass sie eine kleine Detektivin sei und heute etwas verraten werde, worüber alle Bauklötze staunen würden. Und zuletzt hat das Mädchen die Gäste beleidigt und gesagt, dass sie dumm seien, während sie alles wisse. Da wurde Randolph König böse. Er schickte Dascha auf ihr Zimmer.“
Groll blätterte in seinen Notizen.
„Das entspricht haargenau den Aussagen der anderen Gäste. Als Nächstes, so Frau Lehmann, sollen Sie plötzlich geröchelt haben. Was war denn los?“
Ich deutete auf meinen Hals.
„Auf einmal wurde mir schrecklich schlecht. Ich sah alles verschwommen. Dann gaben meine Beine nach. Und ehe ich mich's versah, lag ich auf dem Boden und Dr. Brockweber gab mir eine Spritze.“
Der Kommissar blickte mich an.
„Er hat Ihnen Kortison gespritzt. Passiert Ihnen so was öfter?“
Ich schüttelte den Kopf.
„Nein ... und da ist noch was: In meiner Teetasse war was Klebriges. Ich nehme an, dass man mir ein Brechmittel verabreicht hat.“
„Weshalb glauben Sie das?“
Ich gab ihm die Scherben und Goulue pfiff durch die Zähne.
„Die lassen wir sofort analysieren. Laut der Köchin hat der Kellner die Tassen verteilt. Anschließend hat Pierre

Leclerque jedem Gast Tee oder Kaffee eingeschenkt. Glauben Sie, dass er Ihnen das Mittel verabreicht hat?"
Ich schüttelte den Kopf.
„Nein, das Brechmittel kann nicht in der Tee- oder Kaffeekanne gewesen sein, weil die anderen Gäste auch davon getrunken haben."
„Aber wie kam es dann hinein?", fragte Goulue. „Wer saß denn rechts neben Ihnen?"
„Da war Barbara König", sagte ich zögerlich. „Aber ich glaube nicht, dass sie ..."
Die Kommissare unterbrachen mich.
„Das reicht! Wir nehmen die Dame sowieso fest. Barbara König steht unter Verdacht, ihre Tochter getötet zu haben – denn mal ehrlich: Es kann doch kein Zufall sein, dass sie auf Kaution freikommt und sich kurz darauf ein Verbrechen ereignet, das dem ersten Mord so sehr ähnelt. Da stimmen Sie uns doch bestimmt zu."
„Nein", widersprach ich. „Dascha könnte ebenso gut von einer anderen Person erstickt worden sein. Denn nach meinem Zusammenbruch haben sich alle auf mich konzentriert. Diese Gelegenheit hätte der Mörder ausnutzen können, um sich ins Kinderzimmer zu schleichen."
Groll und Goulue dachten nach.
„Stimmt ... theoretisch hätte tatsächlich jeder in Daschas Zimmer gehen können. Zwar war immer jemand bei Ihnen – zuerst Dr. Brockweber nebst Elisabeth Schneider und später Samantha Brockweber und Elisabeth Schneider – aber laut der Köchin Mamie Miller herrschte minutenlang ein riesiges Chaos. Frau Lehmann hat sich um das Baby gekümmert, Heinrich König blieb allein bei Tisch zurück, Frau Brockweber war mit Ihnen im Bad, Derrick Brockweber hat Barbara König beruhigt und der

Fabrikant war draußen auf der Terrasse – angeblich, um tief durchzuatmen."
„Und Jerry Brockweber?", fragte ich, als mir einfiel, dass der Junge wütend auf mich war.
„Den hat die Köchin nicht gesehen", entgegnete Groll. „Aber das hat nichts zu bedeuten – denn insgesamt war so viel Trubel, dass keiner der Leute ein Alibi hat."
Er klappte sein Notizbuch zu.
„Gleich verhaften wir Barbara König und morgen wird sie dem Haftrichter vorgeführt."
Die Kommissare wirkten zufrieden, doch ich spürte ein Unbehagen.
Im Nachhinein wirkte der heutige Tag wie ein Theaterstück, bei dem jeder eine Rolle gespielt hatte.
Ja, er kam mir vor wie ein Blendwerk.
Als hätte jemand Regie geführt, schoss es mir durch den Kopf, als mir auffiel, dass der zweite Mord dem ersten Verbrechen glich.
Zuerst hatte ein kleines Mädchen geprahlt, dass es etwas verraten werde.
Elisa hatte von einer Überraschung geredet, Dascha von einem Geheimnis.
Anschließend hatte es einen Zwischenfall gegeben.
Beim ersten Mal war ein Bettler erschienen und Elisa kurz darauf zusammengebrochen.
Beim zweiten Mal hatte es mich erwischt.
Und beide Male hatte der Regisseur die Gunst der Stunde genutzt, um den Mord zu begehen, als alle abgelenkt gewesen waren.
Ja, der Mörder ist ein Meister der Illusion, dachte ich und hatte auf einmal die Befürchtung, dass die Morde an

Elisa und Dascha nicht seine letzten Verbrechen gewesen waren.
Denn nach meiner Erfahrung wird der erste Mord nach der Überwindung großer Gewissensbisse begangen, während der zweite Mord – falls die Gefahr einer Entdeckung besteht – schon deutlich leichter fällt und der dritte Mord noch einmal viel leichter ...

Das Fabrikantenpaar saß im Kaminzimmer.
Diesmal ließ es Barbara zu, dass Randolph ihre Hand hielt, während sie aus dem Fenster schaute.
Ich beobachtete das Paar und hörte, dass er ihr abwechselnd versprach, sie unverzüglich aus dem Gefängnis zu holen. Im nächsten Moment weinte er.
Ja, Randolph war ein Nervenbündel, während Barbara benommen wirkte.
Ich räusperte mich und trat in das Zimmer.
„Nicht jetzt", schluchzte Randolph, doch Barbara bot mir einen Platz an.
Für ihre Verhältnisse wirkte die Fabrikantengattin geradezu empathisch, als sie mich fragte, ob es mir wieder besser gehe.
Ich nickte ihr zu und taxierte sie.
„Und Ihnen?", erkundigte ich mich leise.
Frau König drehte ihren Kopf weg.
„Ich bin verflucht", entgegnete sie. „Meine Töchter sind gestorben, weil ich eine Sünderin bin."
„Nicht doch!", beeilte sich Randolph zu sagen, aber Barbara stoppte ihn, indem sie ihre Hand hob.
Dann wandte sie sich an ihren Mann. „Geh jetzt, Randolph. Bevor ich ins Gefängnis komme, möchte ich beichten."

Der Fabrikant sträubte sich, doch Barbara war erstaunlich beharrlich.
Sie drückte Randolph aus der Tür, verschloss sie von innen und wandte sich mir zu.
„Ich möchte mein Gewissen erleichtern."
Ich nickte ihr zu. „Haben Sie Ihre Töchter getötet?"
Die reiche Dame lächelte mild.
„Gut möglich", meinte sie zögerlich. „Vielleicht war ich vorhin noch bei Dascha. Aber genau erinnere ich mich nicht."
Ich beugte mich vor.
„Weshalb nicht?"
„Ich weiß bloß noch, dass ich zu meiner Tochter gehen wollte, nachdem Sie Ihren Anfall gehabt hatten."
„Doch warum?", wollte ich wissen.
„Wegen der Zeichnung", meinte Frau König. „Ich wollte meine Tochter fragen, wen sie gemalt hatte – aber meine Erinnerung ist so verschwommen. Ich weiß nicht, ob ich geträumt habe, dass sich Dascha stur gestellt hat – und dass sie meinte, dass ich mir keine Sorgen machen müsse."
Frau König sah mich ratlos an.
„In meiner Vision habe ich meinem Mädchen geglaubt und Daschas Zimmer wieder verlassen. Doch jetzt ist mein Kind tot. Glauben Sie, dass es möglich ist, dass man seine Kinder tötet und sich nicht daran erinnert?"
„Das hatten Sie mich schon mal gefragt", erwiderte ich ehrlich. „Aber was wäre Ihr Motiv?"
Barbara taxierte mich lange.
„Die Sünden der Vergangenheit", flüsterte sie schließlich. „Vor dreizehn Jahren habe ich ..." Die reiche Frau hielt abrupt inne. „Bleibt meine Beichte unter uns?"
Ich nickte ihr zu, und Barbara fuhr fort.

„Vor Kurzem haben Sie mir ins Ohr geflüstert, dass Sie glauben, dass Elisa nicht Randolphs Tochter war. Damals habe ich nur genickt, weil ich noch nicht so weit war, um Ihnen die Wahrheit zu verraten."
„Ja, daran erinnere ich mich gut", antwortete ich. „Aber wer war Elisas Vater?"
„Derrick", flüsterte Frau König.
Ich nahm Barbaras Hand in meine und schaute ihr tief in die Augen.
„Was ich Sie jetzt frage, ist von größter Bedeutung: Weiß Ihr Mann, dass Sie ihn betrogen haben?"
Frau König schüttelte den Kopf.
„Es war nicht direkt ein Betrug, sondern vielmehr ... Ach, das ist kompliziert. Aber ich bin mir völlig sicher, dass Randolph keine Ahnung hat."
„Und Dr. Brockweber?"
Barbara knetete ihre Finger.
„Derrick weiß natürlich Bescheid. Doch außer ihm habe ich niemanden eingeweiht. Weder Samantha noch meine Schwester kannte unser Geheimnis – nicht mal Elisa selbst."
Ich taxierte sie scharf.
„War Dascha ebenfalls von Derrick?"
„Nein", flüsterte Barbara. „Sie ist von Randolph – genau wie Leon."
Die reiche Dame strich ihr Kleid glatt.
Dann stand sie auf und ging zum Kamin, wo sie ihre Hände an den züngelnden Flammen wärmte.
„Glauben Sie, dass aufgrund meiner Verfehlung ein Fluch auf uns liegt? Und dass Zoe, Elisa und Dascha sterben mussten, weil Derrick und ich gesündigt hatten?"
Ich legte den Kopf schief und schaute sie an.

Vor mir stand eine kränkliche Frau, die trotz der Hitze des Kaminfeuers so blass war, dass sie beinahe durchsichtig wirkte.
Ja, Frau König war eine Dame, die seit langem Qualen litt. Gleichzeitig erinnerte sie mich aber auch an eine Sphinx – tödlich, rätselhaft und verschlossen.
„Haben Sie mir die volle Wahrheit gesagt?", fragte ich leise.
Barbara nickte, doch sie starrte in die Flammen.
Ich war mir sicher, dass sie log.
Abrupt drehte sich die verzweifelte Frau um und erstmals weinte sie bittere Tränen.
„Bitte stecken Sie mich ins Gefängnis, denn ich kann nicht garantieren, dass ich sonst nicht auch noch meinen Säugling umbringe!"

Nach Barbaras Beichte erschien der Fall in neuem Licht. Auf einmal hatten Menschen, die ich bislang nicht verdächtigt hatte, ein Motiv für die Morde an den Mädchen. Selbst Randolph waren die Taten zuzutrauen.
Barbara glaubte nicht, dass er ahnte, dass sie ihm ein Kuckuckskind untergejubelt hatte.
Aber was, wenn doch?, dachte ich und kombinierte, dass der Fabrikant Elisa ermordet haben könnte, um sich an Derrick und Barbara zu rächen. Außerdem hielt ich es für möglich, dass er glaubte, dass Dascha ebenfalls Derricks Kind gewesen war.
Ja, Randolph wirkte am Boden zerstört – aber es war durchaus möglich, dass er ein glänzender Schauspieler war.
Ich traf ihn auf der Außenterrasse, wo er eine Zigarre rauchte.

Als er mich bemerkte, kam er sofort auf mich zu und fragte, wie es seiner Frau gehe.
„Sie erinnert sich nicht, ob sie die Morde begangen hat", erwiderte ich leise.
Der Fabrikant fuhr aus der Haut.
„So ein Unfug! Barbara kann keiner Fliege was zuleide tun. Und ihre Blackouts hat sie bloß, weil der verflixte Quacksalber ihr immer was spritzt. Wenn Sie mich fragen ..."
Während er über Derrick schimpfte, trat ich neben den Fabrikanten und schaute hinaus auf die nächtliche Elbe.
Als sich Randolph endlich wieder beruhigt hatte, fragte ich: „Warum lassen Sie das zu?"
„Was meinen Sie?"
„Das mit Barbara und Derrick."
Randolph explodierte. „Ich habe tausendmal versucht, Derricks Bann zu brechen. Aber Sie kennen Barbara schlecht. Wenn sich meine Frau etwas in den Kopf gesetzt hat, kann sie keiner davon abbringen. Und sie vergöttert Derrick nun mal."
„War das schon immer so?", fragte ich.
Der Fabrikant nickte.
„Als ich Barbara kennenlernte, war sie jung und verrückt. Sie, Liz und Derrick gehörten zu einer lustigen Clique, die nächtelang durch Hamburg zog. Ich lernte sie in einem Klub kennen – und war auf Anhieb schockverliebt."
„Beruhte das auf Gegenseitigkeit?"
Randolph schüttelte den Kopf.
„Barbara hat meine Drinks getrunken und sich von mir einladen lassen – aber Augen hatte sie nur für Derrick."
„Und er?", fragte ich.
Randolph spuckte auf den Boden.

„Für den Schürzenjäger war sie nur eine von vielen – genau wie Liz."
Ich hob meine Brauen.
„Der Doktor hatte was mit Liz Schneider?"
„Er war mit jeder Frau im Bett", meinte Randolph, „aber Barbara ist ihm trotzdem nachgelaufen. Ich habe vergeblich um sie geworben und war deshalb umso erstaunter, als sie plötzlich Ja sagte. Aber manchmal denke ich ..."
Der Wind verschluckte seine Stimme.
„Ja?", fragte ich freundlich. „Was denken Sie manchmal?"
Die Augen des Fabrikanten funkelten.
„Manchmal denke ich, dass es besser gewesen wäre, wenn wir nie geheiratet hätten. Denn Barbara liebt nur mein Geld!"
Ich dachte nach.
Randolphs Geschichte erinnerte mich an den fleißigen Oknos aus der griechischen Mythologie, dessen zügellose Frau sein Vermögen verprasst hatte. In der Unterwelt musste Oknos ein Seil flechten, dessen fertiges Ende pausenlos von einer gefräßigen Eselin verspeist wurde. Doch den Grund für diese Strafe kannte nur Oknos.
Ich wandte mich noch mal an Randolph.
„Vor einiger Zeit habe ich Sie mal gefragt, ob Barbara Feinde hat. Damals wollten Sie mir nicht antworten. Deshalb frage ich Sie jetzt noch einmal: Wer könnte Ihre Gattin hassen? Und wer hätte ein Interesse daran, Barbara zwei Morde in die Schuhe zu schieben?"
Der Fabrikant überlegte lange.
„Da fällt mir nur mein Vater ein. Heinrich verachtet Barbara, weil sie krank ist. Und klar, Samantha mag sie ebenfalls nicht – aus verständlichen Gründen. Und, nun ja, ihr

Sohn wahrscheinlich auch nicht – Jerry hängt sehr an seiner Mutter."
„Und Liz Schneider?", fragte ich.
„Bei Liz bin ich mir nicht sicher", entgegnete Randolph. „Sie hat ihre kleinen Geheimnisse."
Er drückte seine Zigarre aus.
„Sonst noch was?"
Ich nickte.
„Ist Ihnen heute irgendwas komisch vorgekommen?"
„Natürlich", entfuhr es dem Fabrikanten. „Dascha hat sich so seltsam benommen. Die Kleine hat den ganzen Tag ..."
Er heulte auf und weinte laut.
„Ja?", fragte ich vorsichtig.
„Sie hat den ganzen Tag angegeben und behauptet, dass sie etwas wisse. Als sie gestern Abend ins Bett ging, war sie noch völlig normal. Aber als sie heute Morgen zu Tisch kam, war sie wie verwandelt. Mein Mädchen meinte die ganze Zeit, dass sie etwas wisse, weil sie eine kleine Detektivin sei."
„Haben Sie eine Idee, was sie über Nacht herausgefunden hat?"
Der Fabrikant schüttelte den Kopf.
„Was auch immer es war, es muss nach dem Schlafengehen und vor dem Frühstück geschehen sein. Vielleicht" – Randolph König lachte zynisch – „hat sie ja etwas geträumt! Halten Sie das für möglich?"
Ich dachte nach.
Hatte mir Dascha nicht erst kürzlich von ihren lebendigen Träumen erzählt?
Und war es möglich, dass ihr im Schlaf eingefallen war, wer der Bettler war?

„Ja, es ist tatsächlich denkbar", entgegnete ich deshalb und fragte Randolph nach Daschas Zeichnung. „Haben Sie eine Idee, bei wem es sich um den ‚lieben Onkel' gehandelt haben könnte?"
Der Fabrikant schüttelte den Kopf. „Das sollten Sie mal Liz Schneider fragen."
Ich horchte auf. „Weshalb Ihre Schwägerin?"
„Als Sie kollabiert sind und sich Derrick um Sie gekümmert hat, meinte Liz, dass sie ein kühles Tuch aus dem Bad holt. Auf dem Rückweg war sie bei Dascha. Zufälligerweise habe ich die beiden gesehen und gehört, dass Liz bei Dascha auf der Bettkante saß und sie nach der Zeichnung gefragt hat."
„Und was hat Dascha geantwortet?", fragte ich erregt.
„Keine Ahnung", erwiderte Randolph. „Als mich Liz sah, ist sie sofort aufgestanden und zurück zu Ihnen gelaufen." Er fröstelte. „Danke fürs Zuhören – und gute Nacht! Jetzt muss ich meinen Anwalt anrufen. Mal hören, ob er glaubt, dass ich Barbara noch mal gegen Kaution freibekomme."
Der Fabrikant eilte ins Penthouse, während ich draußen zurückblieb.
Und ja, während ich allein auf dem Balkon stand und in die pechschwarze Nacht hinausblickte, dachte ich an die arme Dascha und daran, dass das dumme kleine Mädchen mit ihrer unbedachten Äußerung über den ‚lieben Onkel' sowohl ihre Mutter als auch ihre Tante zu sich gelockt hatte.
Mal sehen, ob noch mehr Leute bei ihr waren, dachte ich und beschloss der Sache auf den Grund zu gehen.

Dr. Brockweber goss sich einen Drink ein.
Ich musterte den gut aussehenden Mann.

Derrick war stattlich und hochgewachsen – und ja, zweifelsohne war er tausendmal attraktiver als die meisten Männer.
Natürlich merkten das auch die Frauen und selbstverständlich bildete Barbara König keine Ausnahme.
Ich sagte Derrick auf den Kopf zu, dass ich wusste, dass Elisa seine Tochter gewesen war, und wartete auf seine Reaktion.
Doch zu meinem Erstaunen sagte der Nervenarzt kein einziges Wort.
Er setzte sich bloß auf einen Stuhl, schlug seine Beine übereinander und starrte ins Leere.
Sein Schweigen dauerte mehrere Minuten.
Endlich blickte er mich an und fragte nach meiner Schweigepflicht.
„Meine Lippen sind versiegelt", versicherte ich und setzte mich Derrick gegenüber. „Nun reden Sie schon, Mann!"
Der Nervenarzt knetete seine Finger.
„Ja, es stimmt – Elisa war meine Tochter. Verstehen Sie jetzt, warum ich Barbaras Angebot angenommen und meine Wohnung und die Praxis in nächster Nähe eingerichtet habe? Ich wollte meiner Tochter nahe sein."
„War sie ein ... Unfall?", fragte ich.
Derrick nickte.
„Barbara und ich hatten mal was miteinander. Aber natürlich war das nichts Ernstes, zumindest nicht von meiner Seite aus. Denn damals habe ich" – er leerte sein Whiskyglas in einem Zug und schenkte sich sofort nach – „nichts anbrennen lassen. Sie verstehen schon, ich war damals jung."
Ich lächelte verständnisvoll.

„Aber wieso haben Sie es zugelassen, dass Randolph sich als Elisas Vater ausgab?“
Dr. Brockweber knirschte mit den Zähnen.
„Ganz ehrlich? Barbara hat mir nicht gesagt, dass sie von mir schwanger war. Wahrscheinlich glaubte sie, dass ein Mann wie ich, der damals noch ein bitterarmer Berufsanfänger war, nicht für sie und das Kind sorgen könnte. Jedenfalls hat sie Randolph aus heiterem Himmel geheiratet und mir erst nach Elisas Geburt verraten, dass das Mädchen von mir war.“
„War sie damals schon depressiv?“
Der Arzt schüttelte den Kopf.
„Barbara ist erst krank geworden, als Elisa auf die Welt kam. Zuerst schob ich es auf eine Wochenbettdepression, aber als sich ihr Zustand nicht besserte und sie immer schmaler und blasser wurde, begann ich mich um sie zu sorgen.“
Er leerte sein zweites Whiskyglas.
„Im Laufe der Jahre wurde es immer schlimmer. Manchmal wirkte Barbara völlig verzweifelt, als ob sie im nächsten Moment aus dem Fenster springen wollte – und ja, ein paarmal hat sie auch gesagt, dass sie die Heirat mit Randolph bereue und ihn sofort verlassen würde, wenn ich mich von Samantha scheiden ließe. Aber ich liebe meine Frau.“
Ich beugte mich vor. „Weiß Samantha von Elisa?“
Derrick ließ seinen Drink hin und her schwappen. „Nein, sie ist völlig ahnungslos.“
„Aber können Sie verstehen, dass Samantha ...“
„... eifersüchtig ist?“, vollendete der Arzt die Frage und trank einen großen Schluck. „Natürlich! Sam hat mich tausendmal gebeten, dass wir wegziehen, aber mir fehlte

der Mut, ihr zu sagen, dass ich wegen Elisa hierbleiben wollte."
Er starrte in sein Glas. „Und klar, außerdem wollte ich mich auch um Barbara kümmern, denn ich fühlte mich schuldig und ..."
„Schuldig? Weshalb?"
Brockweber verzog den Mund und schenkte sich noch einmal nach.
„Ach, irgendwie hatte ich das Gefühl, dass ich sie in Randolphs Arme getrieben hatte. Sie war so verliebt in mich, aber ich habe ... Nein, darüber möchte ich nicht reden."
Er leerte sein Glas in einem Zug und schenkte sich ein letztes Mal nach.
Ja, Dr. Derrick Brockweber war zweifelsohne attraktiv. Doch er lügt sich selbst vor, dass er nur aus Nächstenliebe bei Barbara und Elisa geblieben ist, dachte ich, als mir einfiel, dass Barbara Derrick aus der Patsche geholfen hatte, nachdem eine seiner Patientinnen nach seiner Behandlung gestorben war.
Damals hatte er von Barbara 150 000 Euro erhalten, um die Hinterbliebenen besänftigen zu können.
„Was spritzen Sie Frau König eigentlich?", fragte ich.
Der Arzt lächelte.
„Einmal pro Monat ein Antipsychotikum, das habe ich Ihnen doch schon gesagt. Und ansonsten harmlose Vitamine – Sie wissen schon: Placebos."
Ich hob meine Brauen, doch Derrick winkte ab.
„Aus meiner Sicht ist Barbara gesund. Aber in ihrem Oberstübchen" – er tippte vielsagend an seine Stirn – „hat sich eine schwarze Wolke eingenistet. Barbara ist zutiefst depressiv und natürlich wirkt sich dieser Zustand auf ihr gesamtes Befinden aus."

„Und dagegen helfen Vitamine?“
Derrick nickte.
„Barbara glaubt, dass ich ihr eine amerikanische Spezialtinktur injiziere, und tatsächlich geht es ihr nach meinen Spritzen für kurze Zeit ein wenig besser.“
„Aber Frau König macht immer den Eindruck, als ob sie betäubt wäre“, meinte ich ungläubig.
„Das ist ihr Charakter“, erklärte Derrick.
Er leerte sein Glas und stand schwankend auf.
Doch bevor er aus dem Zimmer gehen konnte, fragte ich ihn noch, ob ihm kürzlich ein Medikament entwendet worden sei.
Der Arzt überlegte.
„Ja“, meinte er schließlich. „Vor ein paar Wochen fehlte plötzlich eine Schachtel mit verschreibungspflichtigen Tabletten. Aber das war nicht erwähnenswert, schließlich handelte es sich dabei bloß um harmlose Appetitzügler.“
„Sahen die Pillen wie bunte Bonbons aus?“
„Absolut“, entgegnete Derrick. „Wieso? Haben Sie die Schachtel gefunden?“
Ich verneinte. „Doch welche Nebenwirkungen haben diese Pillen?“
„Erbrechen und Kollabieren“, sagte Derrick und wankte aus dem Zimmer.

Auf dem Weg zu Samantha dachte ich über Derricks Worte nach.
Jetzt wusste ich, was die „Bonbons“ waren, mit denen Dascha ihre Puppen „gefüttert“ hatte.
Aber wie war Derricks Brechmittel in meinen Tee gekommen?

„Wieder alles in Ordnung?“, fragte Samantha, als ich mich zu ihr setzte.
Ich nickte.
„Sie haben uns einen ziemlichen Schrecken eingejagt“, meinte die Südstaatenschönheit. „Zuerst dachte ich, dass noch mal dasselbe passiert wie an Heiligabend, und kurz darauf ...“
Samantha hielt kurz inne.
„... ist tatsächlich dasselbe geschehen“, vollendete sie schließlich ihren Satz.
„Ist Ihnen heute was komisch vorgekommen?“
Samantha nickte. „Der Tag war komplett seltsam.“
„Wie fanden Sie die Beerdigung?“
Samantha überlegte. „Zuerst hatte ich ein wenig Angst, Elisa König im Sarg zu sehen, aber die Kleine war wunderschön – das Beerdigungsinstitut hat gute Arbeit verrichtet. Finden Sie nicht auch?“
Ich stimmte ihr zu. „Doch wie fanden Sie Daschas Benehmen?“
Samantha rollte mit den Augen.
„Dascha ist den ganzen Tag mit ihrer nervigen Kamera rumgelaufen. Ständig hat sie mich geknipst! Außerdem hat sie entsetzlich geprahlt. Ich fand es furchtbar, dass sie ...“
Samantha berichtete, was ich bereits wusste: Dascha hatte allen erzählt, dass sie ein Geheimnis kenne.
Erstaunt nahm ich wahr, dass ihr Samantha kein Wort geglaubt hatte.
„In Wirklichkeit“, meinte sie, „hat Dascha bestimmt bloß so geprahlt, weil sie uns aufmuntern wollte. Überlegen Sie mal: stundenlang derselbe Spruch! Ihr Verhalten war doch total künstlich.“

Ich dachte nach.
Zugegeben, Samanthas Einschätzung hatte etwas für sich, doch ich wusste nicht, was ich damit anfangen sollte.
Deshalb erkundigte ich mich nun nach dem Geschehen bei Tisch und Samantha ließ sich nicht zweimal bitten.
Ihr Erinnerungsvermögen erwies sich als phänomenal: „Die Köchin hat Gebäck verteilt und der Kellner verteilte die Tassen. Er wollte mir eine weiße geben, aber ich wollte lieber eine mit einem Rosenmuster."
Ich horchte auf.
„Heißt das, es gab zwei verschiedene Service?"
„Genau", entgegnete Samantha. „Die Kaffeetrinker bekamen weiße Tassen, die Teetrinker Tassen mit Rosenmuster."
Ich staunte über ihre Beobachtungsgabe und erkundigte mich, wer alles Tee getrunken hatte.
„Mal überlegen", meinte Samantha. „Zuerst brachte der Kellner den Kaffee. Anschließend ging er mit der Teekanne rum. Wenn ich mich richtig erinnere, hat er Liz Tee eingeschenkt – sowie Jerry und Ihnen."
„Heißt das, Randolph und Barbara haben keinen Tee getrunken?"
Samantha warf sich stolz in die Brust.
„Ja, da bin ich mir ganz sicher. Die Königs hatten weiße Tassen, während Sie eine mit Rosenmuster hatten. Ist Ihnen das nicht aufgefallen? Sie saßen doch zwischen Randolph und Babs!"
Ich versuchte, mich zu erinnern.
Wenn es wirklich stimmte, dass meine Tasse ein Rosenmuster gehabt hatte, während Randolph und Barbara weiße Tassen gehabt hatten, hätten sie das Brechmittel

unmöglich in ihre Tassen geben können, um sie mit meiner zu vertauschen.
Und die einzigen Gäste, die außer mir eine Rosentasse gehabt hatten, hatten viel zu weit entfernt gesessen, um diesen Kunstgriff zu vollbringen. Nein, laut Samanthas überaus wichtiger Beobachtung war es absolut ausgeschlossen, dass Jerry oder Liz ihre Rosentasse in einem unbeobachteten Moment gegen meine ausgetauscht hatten.
Doch wie war das Brechmittel dann in meine Tasse gekommen?
Ich wandte mich wieder Samantha zu – gespannt, was sie noch zu sagen hatte.
„Außerdem ist mir aufgefallen, dass die Stimmung plötzlich gekippt ist. Ich glaube, das war in dem Moment, als Dascha ihr Bild fertig hatte."
Sie beugte sich vor. „Wenn Sie mich fragen, war es falsch, dass Randolph Dascha auf ihr Zimmer geschickt hat. Wenn sie meine Tochter gewesen wäre, hätte ich sie so sehr in die Mangel genommen, bis sie mir verraten hätte, wer der Mann auf der Zeichnung war."
„Waren Sie später bei Dascha, um sie nach der Zeichnung zu fragen?"
Samantha verneinte: „Nein, aber ich habe gesehen, dass Liz bei ihr war."
Meine Augen verengten sich zu Schlitzen.
„Aber was, wenn jemand behauptet, dass er Sie dort gesehen hat?", bluffte ich.
Samantha erschrak, doch im nächsten Augenblick fing sie sich wieder und meinte barsch: „Ich war wirklich nicht bei ihr. Ich bin bloß in das Zimmer gegangen, weil Jerry

bei dem Mädchen war und ich ihn herausholen wollte. Doch nach uns ist Barbara zu Dascha gegangen."

Die Schwarze lachte zynisch auf.

„Was ist das bloß für eine Mutter? Ermordet ihre eigenen Töchter. Ich hoffe, dass sie nie mehr freikommt. Als wäre es nicht genug, dass mich diese Frau die ganze Zeit an der Nase herumgeführt hat. Nein, jetzt ist sie auch noch eine Mörderin. Pfui Teufel!"

Ich beugte mich vor.

„Wie meinen Sie das? Inwiefern wurden Sie von Barbara an der Nase herumgeführt?"

„Ganz einfach", flüsterte Samantha. „Vor Kurzem habe ich herausgefunden, dass Elisa gar nicht Randolphs Tochter war. Halten Sie sich fest: Elisas Vater war mein Gatte. Derrick glaubt, dass ich das nicht weiß. Aber ich bin nicht so dumm, wie alle denken."

Samantha ballte ihre Fäuste und stand ruckartig auf.

„Ich habe einen Entschluss gefasst! Wir ziehen bald weg. Wir verkaufen die Praxis und vermieten die Wohnung und dann verlassen wir Hamburg – egal, wie sehr Derrick sich sträubt."

„Und weshalb?", fragte ich.

Samantha lachte spöttisch auf.

„Weil ICH jetzt das Kommando übernehme – und weil ich keine Sekunde meines Lebens mehr an Barbara König verschwende. Wenn Derrick hierbleiben will, kann er es gerne tun. Bitte schön! Aber ohne mich. Dann reiche ich die Scheidung ein."

Als Nächstes knöpfte ich mir Liz vor.

Ich fand die Tante in der Küche, wo sie Mamie half, die Scherben meiner Tasse aufzulesen.

Liz sah verheult aus.
„Gut, dass es Ihnen wieder besser geht“, meinte sie müde und setzte sich zu mir.
Ich musterte Barbaras Schwester.
Liz’ Gesichtszüge wirkten ermattet und ihre Mundwinkel hingen hinunter.
Nichts, aber auch gar nichts erinnerte an die starke Frau, die Barbara nach dem Tod von Elisa tatkräftig unterstützt hatte.
Auf einmal wirkte Liz selbst so, als ob sie die Hilfe anderer brauchte.
Ich bot ihr an, sich auszusprechen, und Liz nickte dankbar. Sie weinte um Dascha und um Elisa und redete an einem Stück.
Zehn Minuten später hatte ich zum ersten Mal das Gefühl, dass sie sich nun die größte Last von der Seele gesprochen hatte, und ergriff das Wort.
„Hatten Sie Angst vor dem heutigen Tag?“
Liz schnäuzte in ein Taschentuch. „Ganz ehrlich? Nein! Ich habe mich sogar auf die Beerdigung gefreut, weil ich das Gefühl hatte, dass wir damit einen vorläufigen Schlussstrich unter alles ziehen könnten. Aber stattdessen ist jetzt alles noch schlimmer.“
„Stimmt“, sagte ich, während ich ihre Hand hielt. „Ist Ihnen während der Trauerfeier was aufgefallen?“
Liz überlegte.
„Klar, ich fand, dass sich Dascha komisch benommen hat.“
„Wie meinen Sie das?“
„Nun, sie war so aufgedreht. Ich habe ein paarmal gedacht, dass es gar nicht ihrem Wesen entspricht, ein Geheimnis bewahren zu können.“

„Aber haben Sie ihr überhaupt geglaubt, dass sie ein Geheimnis gelüftet habe?“
„I wo!“, meinte Liz und lächelte kläglich. „Das war doch bloß dummes Kindergelaber. Darf ich ehrlich zu Ihnen sein?“
Ich nickte und nun sprudelte es aus Liz heraus: „Dascha hatte ständig das Gefühl, dass sie hinter Elisa zurückstand – und ja, meine Schwester hat sich tatsächlich mehr um Elisa gekümmert. Deshalb hat Dascha oft versucht, Barbaras Aufmerksamkeit zu gewinnen, indem sie Dinge übertrieb oder Sachen erfand. Glauben Sie, dass ihr das zum Verhängnis geworden ist?“
„Gut möglich“, erwiderte ich leise und fragte, warum Barbara Elisa bevorzugt hatte.
Liz errötete.
„Ich kenne den Grund“, meinte sie und starrte mich verlegen an. „Aber bleibt das unter uns? Ich meine ... haben Sie Schweigepflicht?“
„Natürlich“, erwiderte ich freundlich und Liz senkte ihre Stimme.
„Was ich Ihnen jetzt verrate, muss absolut vertraulich bleiben!“
Sie vergewisserte sich, dass uns niemand zuhörte, und flüsterte: „Randolph war nicht Elisas Vater. Barbara hatte sie von Derrick.“
„Tatsächlich?“
„Ja“, wisperte Liz. „Vor dreizehn Jahren waren Barbara und ich oft mit Derrick auf der Piste. Barbara war damals neunzehn, ich sechzehn. Und ja, zwischen ihr und dem jungen Assistenzarzt hat es sofort gefunkt.“
„Hatten Sie ebenfalls was mit Derrick?“, fragte ich, als mir einfiel, dass Randolph das behauptet hatte.

Liz nickte. „Aber nur ganz kurz, weil ..."
„Ja?", ermunterte ich sie weiterzusprechen.
„Barbara war strikt dagegen. Sie hat Derrick gedroht, ihn wegen Missbrauch einer Minderjährigen anzuzeigen. Doch in Wirklichkeit wollte sie Derrick alleine besitzen. Das hat sie mir später gestanden."
„Aber hat Barbaras Erpressung geklappt?"
Liz schüttelte den Kopf.
„Nein. Im Gegenteil: Derrick ist ins Ausland gegangen, und als er zurückkam, brachte er Sam mit. Sie hatten in Las Vegas geheiratet."
Ich pfiff durch die Zähne.
„War Barbara damals bereits schwanger?"
„Ja", flüsterte Liz. „Als Barbara erfuhr, dass Derrick geheiratet hatte und dass Samantha ebenfalls schwanger mit Zoe war, sah sie ihre Felle davonschwimmen – und hat sich schließlich Randolph zugewandt, der bereits mehrmals um ihre Hand angehalten hatte."
„So war das also", meinte ich und verstand plötzlich, warum sich Derrick schuldig fühlte und Barbara unglücklich mit Randolph war und Samantha ihre Nebenbuhlerin hasste.
Doch weil ich immer noch nicht wusste, welche Rolle Liz dabei spielte, fragte ich Barbaras Schwester direkt.
Liz seufzte.
„Barbara gab mir die Schuld daran, dass Derrick Samantha geheiratet hatte – und ja, irgendwie habe ich mich tatsächlich ein bisschen schuldig gefühlt, weil ich glaubte, dass Derrick nie ins Ausland gegangen wäre, wenn ich nicht ein Techtelmechtel mit ihm gehabt hätte."
Die junge Frau ließ die Schultern hängen.

„Ich habe jahrelang versucht, meine Schuld auszubügeln, indem ich Barbara in den Arsch kroch. Aber nach den jüngsten Ereignissen“ – Liz verzog den Mund – „ist damit Schluss. Denn jetzt weiß ich, dass meine Schwester meine Nichten umgebracht hat. Sie gehört ins Gefängnis.“

Ich sah ihr in die Augen.

„Haben Sie die Spülmaschine an Heiligabend angestellt, weil Sie glaubten, dass ...“

„... Barbara Elisa was in den Pudding getan hatte?“

Liz’ Stimme klang auf einmal schrill.

„Ja! Ich habe es sofort geahnt. Doch weil ich Barbara beschützen wollte, habe ich die Schälchen akribisch gesäubert. Ich war ja so dumm! Bestimmt habe ich auf diese Weise Beweise vernichtet. Und bestimmt wäre Barbara noch im Gefängnis, wenn ich das nicht getan hätte. Und Dascha wäre noch unter uns.“

Ich hakte nach.

„Aber was ist Barbaras Motiv? Und welche Rolle spielt der Bettler?“

Liz stutzte.

„Daschas Tod hat auf jeden Fall was mit dem fremden Mann zu tun. Leider konnte ich Daschas Zeichnung nicht sehen. Deshalb bin ich auch zu ihr gegangen, aber meine Nichte meinte, dass ich mir keine Sorgen machen müsse.“

„Wer war sonst noch bei dem Mädchen?“

„Mal überlegen. Nachdem Randolph Dascha auf ihr Zimmer geschickt hatte, sind Sie plötzlich zusammengebrochen. Derrick hat sich um Sie gekümmert und ich lief zum Bad, um ein Tuch zu besorgen. Auf dem Rückweg bin ich für eine Sekunde bei Dascha gewesen. Dann erinnere ich mich noch, dass Samantha in all dem Gewusel zu Dascha gegangen ist, weil sie Jerry suchte. Und,

ach ja, der Alte im Rollstuhl war ebenfalls bei ihr. Ich habe gehört, dass er mit Dascha geschimpft hat. Aber wenn Sie genau wissen wollen, was er zu ihr gesagt hat, müssen Sie Lotte fragen. Denn die hat Dascha von Heinrich befreit."
Ich lächelte.
„Dann habe ich nur noch eine Frage: Hatten Sie heute Nachmittag Kaffee oder Tee?"
„Tee."
„Und hatten Sie eine weiße Tasse oder eine mit Rosen?"
„Letzteres", erwiderte Liz. „Aber weshalb ist das wichtig?"
„Überhaupt nicht", sagte ich und verabschiedete mich, während ich bilanzierte, dass Liz' während unseres kurzen Gesprächs fünf Textnachrichten bekommen hatte.

„Jerry!"
Der Junge wollte sich verdrücken, doch ich rief seinen Namen so laut, dass er abrupt stoppte und wie ein begossener Pudel zu mir zurückkam.
„Mit Ihnen rede ich nicht", sagte der Teenie und stopfte sein Handy in die Hosentasche.
„Oh doch!", entgegnete ich barsch und zeigte ihm meine andere Seite: „Jetzt wird endlich geredet, Freundchen! Wir gehen in die Bibliothek. Wenn du nicht mitkommst, erzähle ich allen, dass ich herausgefunden habe, dass du …"
Jerry winkte erschrocken ab.
„Schon gut, schon gut, ich komme mit."
Zwei Minuten später saßen wir uns gegenüber und ich begann, den Jungen zu grillen.
„Warum warst du in Daschas Zimmer?"
Der Teenie schielte verlegen zur Decke. „Stehe ich etwa unter Verdacht?"

„Nicht ausgeschlossen“, erwiderte ich. „Und jetzt rede endlich, Freundchen!“
„Als Sie zusammengebrochen sind, habe ich mich zu Dascha geschlichen, weil ich ihre Zeichnung sehen wollte. Ich habe mir davon erhofft, dass ich den Bettler wiedererkenne und mir endlich einfällt, an wen er mich erinnert hat.“
Ich beugte mich vor. „Hat es geklappt?“
Jerry schüttelte den Kopf.
„Dascha wollte mir die Zeichnung nicht zeigen. Stattdessen hat sie sich aufgespielt und gesagt, dass ich es noch früh genug erfahren würde.“
„Hat sich das kleine Mädchen öfter so komisch benommen?“
Der Teenie überlegte.
„Na ja, sie wollte immer auffallen, weil Elisa mehr im Mittelpunkt stand. Aber so aufgekratzt wie heute hatte ich Dascha noch nie erlebt.“
„Was hat sie dir noch erzählt, als ihr allein wart?“
„Sie meinte, dass sie froh sei, dass Elisa tot ist.“
Nach dieser Enthüllung war ich baff.
„Aber weshalb bloß?“, fragte ich.
Jerry erbleichte. „Sie hatte etwas herausgefunden.“
„Und das wäre?“, fragte ich.
Der Teenie antwortete mit einer Gegenfrage: „Behalten Sie das Geheimnis für sich?“
Ich nickte.
Jerry seufzte. „Dascha hatte herausgefunden, dass Elisa und sie nur Halbschwestern waren. Sie meinte, dass mein Vater Elisas Daddy sei – und dass ihr Vater das nicht wisse.“
„Heißt das, sie wollte es allen verraten?“

Der Junge schüttelte den Kopf.
„Im Gegenteil: Sie wollte dichthalten. Dascha hat es mir nur gesagt, weil sie meinte, dass es mich auch betreffe – schließlich war Elisa auch meine Halbschwester. Aber das“ – er lächelte zynisch – „habe ich schon vorher gewusst.“
„Tatsächlich?“, fragte ich erstaunt. „Und woher?“
„Vor ein paar Wochen hat sich meine Mutter darüber am Telefon ausgekotzt – bei ihrer Schwester in Georgia. Zufällig habe ich sie belauscht.“
Ich überlegte.
Allmählich wurde mir klar, dass – mit Ausnahme von Randolph sowie seinem Vater und Lotte Lehmann, die ich bislang noch nicht verhört hatte – jeder über Derrick, Barbara und Elisa Bescheid wusste.
„Aber warum hat sich Dascha über Elisas Tod gefreut?“, fragte ich Jerry.
Der Teenie knetete seine Finger.
„Weil sie meinte, dass jetzt endlich geregelte Familienverhältnisse herrschen würden und ihre Mutter gesund werden könne. Und weil sie glaubte, dass Elisa böse war – schließlich sei Zoe durch ihre Schuld an der Murmel gestorben.“
„Aber du warst doch dabei. War es tatsächlich böse Absicht?“
Der Junge schüttelte den Kopf.
„Schwer zu sagen. Ich war damals mit meinem Handy beschäftigt. Doch mir kam’s wie ein Unfall vor.“
Ich nickte Jerry freundlich zu. „Wo war Daschas Zeichnung, als du mit ihr geredet hast?“

„Unter ihrem Kopfkissen", entgegnete Jerry. „Sie wollte sie mir partout nicht zeigen. Wir haben ein bisschen miteinander gerangelt, aber dann ..."

Der Junge stockte.

„Ja", fragte ich, „was geschah dann?"

„Auf einmal kam meine Mutter rein. Sie hat mich von Dascha weggezogen. Doch bevor wir das Zimmer verließen, ist noch was Komisches passiert."

„Und das wäre?"

Jerry senkte seine Stimme. „Als wir bereits im Türrahmen standen, hat Dascha gesagt, dass sie wisse, dass meine Mutter froh über Elisas Tod sei. Denn mit ihr sei das einzige Bindeglied, das meinen Vater mit Tante Barbara verbunden habe, endgültig beseitigt worden – und meine Mutter sei frei. Und das gelte auch für alle anderen."

„Wie hat deine Mutter darauf reagiert?"

Der Teenager starrte auf seine Füße.

„Mama wurde totenbleich! Und sie griff so hart nach meinem Arm, um mich aus dem Zimmer zu ziehen, dass ich morgen bestimmt einen blauen Fleck habe. Und als wäre das nicht genug, ist mir auf dem Weg zur Küche auch noch der Greis über die Füße gefahren – Sie wissen schon: Heinrich mit seinem Rollstuhl."

„Heißt das, der Alte war nach dir bei Dascha?"

Der Junge nickte.

„Der Alte und die Kinderfrau waren im Flur vor Daschas Zimmer. Sie haben gestritten. Lotte wollte Heinrich zurückschieben, doch der Greis hat sich mit Händen und Füßen gewehrt. Er wollte unbedingt zu Dascha."

Der Teenie scharrte mit den Füßen. „Darf ich jetzt gehen?"

„Sofort“, sagte ich. „Aber vorher habe ich noch drei Fragen. Die erste lautet: Hast du heute Nachmittag Tee oder Kaffee getrunken?“
Der Junge lachte: „Ich hasse Kaffee.“
„Und hattest du eine weiße Tasse? Oder eine mit Rosen?“
Jerry überlegte. „Gab es denn verschiedene? Das ist mir gar nicht aufgefallen.“
Ich beugte mir vor.
„Dann komme ich jetzt zur letzten Frage: Wer hat Dascha und Elisa deiner Meinung nach umgebracht?“
Die Antwort des Jungen kam wie aus der Pistole geschossen.
„Tante Barbara“, meinte Jerry. „Daran gibt’s überhaupt keinen Zweifel.“
„Doch weshalb hätte sie das tun sollen?“
„Weil sie geistig verwirrt ist“, erwiderte der Teenie. „Oder haben Sie eine bessere Erklärung?“
Als Jerry weg war, dachte ich über seine Worte nach.
Ja, Barbaras Ohrring in Elisas Hand sprach tatsächlich gegen Frau König – genau wie die Tatsache, dass sie sich nicht erinnerte, ob sie die Taten begangen hatte.
Aber Jerry hat ebenfalls ein Motiv, überlegte ich, als mir einfiel, dass der Junge Elisa vielleicht umgebracht hatte, um seine betrogene Mutter zu rächen.
Was, wenn Jerry der Mörder war?
Und was, wenn er sich ein zweites Mal zu Dascha geschlichen hatte, um sie ebenfalls zu töten, weil sie irgendwas herausgefunden hatte?
Ich beschloss, Heinrich König zu verhören, und machte mich auf die Suche nach dem Alten.

Heinrich stand neben der Minibar.

Als er mich sah, ließ er sich in seinen Rollstuhl plumpsen und setzte eine Unschuldsmiene auf.
„Wollen Sie auch einen Drink?", fragte der Alte.
Ich schüttelte den Kopf. „Ich will nur mit Ihnen reden."
Heinrich grunzte.
„Wenn es wieder um meine Schwiegertochter geht, bin ich gern zu einer Aussage bereit, die die Anklage stützt. Denn diese Frau ist gemeingefährlich. Sie hat meine Enkelin getötet."
Ich stutzte.
„Aber es sind doch zwei Mädchen tot."
Der Alte setzte ein listiges Gesicht auf.
„Können Sie ein Geheimnis bewahren? Dann verrate ich Ihnen jetzt eins: Elisa war gar nicht meine Enkelin. Sie war die Brut des Quacksalbers. Aber mein nichtsnutziger Sohn ist der Einzige, der das nicht weiß. Und jetzt Prost! Auf Randolph, den Blinden!"
Heinrich leerte sein Glas in einem Zug und fletschte die Zähne.
„Jetzt will ich ins Bett. Rufen Sie mir ein Taxi?"
„In fünf Minuten", versprach ich ihm. „Aber vorher will ich noch wissen, woher Sie die Sache mit Elisa wissen – und weshalb Sie es Ihrem Sohn nicht verraten haben."
Der Alte blinzelte.
„Ganz einfach: Wenn ich es Randolph sagen würde, ließe er sich von Barbara scheiden. Und dann käme es zu einer Vermögensaufteilung – mit fatalen Folgen! Meine Schwiegertochter bekäme meinen Enkel sowie die Hälfte von Randolphs Firma. Das würde ihn ins Unglück stürzen."
„Und woher kennen Sie das Geheimnis?"
Heinrich lachte spöttisch auf.

„Das pfeifen die Spatzen von den Dächern. Und ganz ehrlich: Man muss sich die Kinder doch nur mal anschauen. Elisa war schlank und hübsch und charmant, aber Dascha und mein Enkel sind genauso fleischige Wonneproppen wie mein nichtsnutziger Sohn."
„War Ihr Sohn schon immer ein Nichtsnutz?"
„Ja", erwiderte Heinrich. „Er ist ein absoluter Schlappschwanz! In der Schule hat er sich als der Größte aufgespielt, da war er der Anführer einer Clique, die Schwächere fertiggemacht hat. Mit achtzehn hat Randolph einem anderen Jungen so feste in die Eier getreten, dass man dem armen Kerl seinen Matschhoden amputieren musste. Wenn ich damals keine Schmerzensgeldzahlung geleistet hätte, wäre Randolph ... Ach, lassen wir das. Ja, ohne die Fleischfirma, die ich mühevoll aufgebaut habe, besäße er keinen lausigen Penny."
Der Alte rollte zum Fenster und blickte über die Dächer der Stadt.
„Nicht mal Randolphs eigene Frau, dieses kränkliche Unkraut, empfindet was für meinen Sohn."
Ich drehte den Rollstuhl um und ging vor Heinrich in die Hocke.
„Glauben Sie, dass Barbara die Mädchen getötet hat?", fragte ich, während ich dem Alten fest in die Augen sah.
Heinrich nickte.
„Natürlich hat sie es getan! Beim ersten Mord glaubte ich, es wäre der Bettler gewesen. Aber heute habe ich Barbaras Blick gesehen, als Dascha behauptete, dass sie ein Geheimnis herausgefunden habe. Auf einmal wirkte meine Schwiegertochter ängstlich. Ich verwette meinen Arsch darauf, dass sie das Kopfkissen genommen und meine Enkelin getötet hat. Der zweite Mord fällt einem

Menschen nämlich schon viel leichter als der erste. Das weiß ich aus eigener Erfahrung, als ich 1942 eine Pistole genommen habe und ..."

Heinrich verlor sich in Erinnerungen an längst vergangene Gräueltaten.

Als er fertig war, fuhr ich mit meiner Befragung fort.

„Mehrere Leute sagen aus, dass Sie ebenfalls bei Dascha waren. Weshalb haben Sie mit Ihrer Enkelin geschimpft?"

Heinrich stutzte.

„War das so? Ich kann mich überhaupt nicht erinnern. Im Gegenteil: Ich weiß nur noch eins ..."

Er stockte und blickte trübe ins Leere.

„Ja?", sagte ich freundlich. „Woran erinnern Sie sich denn?"

„Zuerst hat uns Dascha alle geknipst. Dann hat sie pausenlos geprahlt. Danach gab es Tee und Kaffee und auf einmal ist irgendwer zusammengebrochen. Anschließend rollte ich zu Dascha. Doch was wollte ich da noch mal? Keine Ahnung, ich erinnere mich nicht mehr."

„Ging es vielleicht um Daschas Zeichnung?"

Der Alte blickte mich verständnislos an.

„Waren Sie vielleicht bei Dascha, weil Sie Angst um ihr Leben hatten und weil Sie sie beschützen wollten? Oder haben Sie mir ihr geschimpft, weil Sie wollten, dass sie Ihnen ein selbst gemaltes Bild zeigt?"

„Das würde zu mir passen", meinte der Alte. „Aber so sehr ich mich auch bemühe – es fällt mir einfach nicht mehr ein."

„Sie standen mit Lotte Lehmann im Flur", half ich ihm auf die Sprünge. „Das ist so sicher wie das Amen in der Kirche. Denn dort hat Sie Jerry Brockweber gesehen."

„Wenn der Mulatte das behauptet, war es wohl so", meinte Heinrich erschöpft. „Aber jetzt bin ich müde. Rufen Sie mir nun endlich ein Taxi?"

Lotte Lehmann lag auf der Couch.
Als ich sie ansprach, schreckte sie aus dem Schlaf hoch und rief verwirrt: „Ich muss zu Dascha. Ich habe geträumt, dass das kleine Mädchen tot ist!"
„Das war kein Traum", entgegnete ich leise und griff nach der Hand der Kinderfrau, um sie zu beruhigen. „Dascha ist tatsächlich tot."
Lotte starrte mich ungläubig an, doch als ihre Erinnerung zurückkehrte, begann sie zu weinen.
Ich reichte ihr ein Taschentuch und begann mit dem Verhör.
„Was ist Ihnen heute aufgefallen?"
Die Kinderfrau überlegte.
„Ich bin um 6 Uhr aufgewacht, weil Baby Leon geschrien hat. Der kleine Kerl brütet was aus. Ich gab ihm sein Fläschchen, kochte mir einen Kaffee und saß in der Küche, als Dascha hereinkam. Das arme Ding war ganz aufgedreht."
„Was meinen Sie damit?"
Lotte lächelte.
„Sie bat mich, ihre Haare zu kämmen und ihr zwei hübsche Zöpfe zu flechten. Während ich damit beschäftigt war, hat sie pausenlos gesagt, dass sie eine gute Detektivin sei und etwas herausgefunden habe."
„Hat sie es Ihnen anvertraut?"
Lotte schüttelte den Kopf.
„Im Gegenteil: Je mehr ich auf sie einwirkte, desto sturer wurde sie. Aber weil ich ziemlich geschickt im

Nachfragen bin, konnte ich ihr doch was entlocken. Scheinbar ging es um Elisa."

Ich stutzte. „Bislang habe ich angenommen, dass es um den Bettler ging."

„Sie meinen wegen der Zeichnung? Das glaube ich nicht. Vielmehr hatte ich den Eindruck, dass sie auf etwas anderes anspielte – und ich kann mir sogar vorstellen, worum es sich dabei handelte. Haben Sie eigentlich Schweigepflicht?"

Ich nickte.

„Gut! Ich glaube, dass Dascha geahnt hat, dass Elisa nicht ihre richtige Schwester war."

Ich täuschte vor, Lotte nicht zu verstehen: „Wie meinen Sie das?"

Lotte seufzte. „Elisa war Dr. Brockwebers Tochter."

„Und woher wissen Sie das?"

„Von Barbara", entgegnete die Kinderfrau, „aber dazu muss ich etwas ausholen. Als ich vor dreizehn Jahren hier anfing, war Barbara in höchster Not. Damals brauchte sie eine Freundin, die ihr half, ihren Zustand zu vertuschen, damit Randolph König, den sie kurz zuvor geheiratet hatte, nicht merkte, dass sie bereits in anderen Umständen war."

„Heißt das, sie ..."

„... war von Dr. Brockweber schwanger, ja", flüsterte Lotte. „Und sie wollte ihrem Mann Derricks Kind unterjubeln."

Ich runzelte die Stirn.

„Aber hatten Sie kein Problem damit, Herrn König zu täuschen?"

Lotte schüttelte den Kopf.

„Nein! Weil Barbara in Not war. Wissen Sie eigentlich, wie viele Frauen abtreiben und es anschließend bereuen?

Ich finde es besser, wenn ein Kind in geordneten Verhältnissen aufwächst und es leben darf, statt sterben zu müssen."

„Hat Randolph das nie herausbekommen?"

Lotte lächelte triumphierend.

„Niemals! Das weiß nur eine Handvoll Leute – aber Randolph auf keinen Fall."

„Doch wie hat Dascha Wind von der Sache bekommen?"

Die Kinderfrau massierte ihre Schläfen.

„Nachdem die kleine Zoe vor ein paar Wochen an einer Murmel erstickt war, kochte die Sache plötzlich hoch. Damals kam Samantha Brockweber, um mit Barbara König zu reden. Die Damen haben sich zu einem vertraulichen Gespräch zurückgezogen, aber zufälligerweise habe ich gehört, worüber sie geredet haben."

„Und das wäre?"

„Samantha hat Barbara gedroht. Ich erinnere mich genau an ihre Worte: ‚Wenn du nicht aufhörst, dich an Derrick zu klammern, verrate ich Randolph die ganze Wahrheit.'"

Lotte blickte mich kläglich an.

„Ist es schlimm, dass ich das damals nicht sofort gesagt habe?"

„Nein", log ich und fragte die Kinderfrau, ob ihr während der Trauerfeier irgendetwas aufgefallen sei.

„Mal überlegen. Zuerst war ich überwältigt von Elisas Anblick, denn ich hätte nie gedacht, dass man einen Verstorbenen so schön aufbahren kann. Als mein Mann damals in einem Hospiz starb, sah er ... Ach, lassen wir das. Wie auch immer: Leider konnte ich Elisas Anblick gar nicht richtig würdigen, weil ich mich ständig um Dascha kümmern musste. Das Mädchen war furchtbar quengelig, ich konnte die Kleine kaum bändigen. Ständig ist sie mit

der Kamera rumgelaufen und hat die ganze Zeit geprahlt. Und später, bei Tisch, ging es immer noch weiter."
„War das, als sie die Zeichnung malte?"
Lotte nickte.
„Von der Zeichnung habe ich nichts gesehen, weil Baby Leon mich auf Trab hielt. Aber als Dascha auf ihr Zimmer geschickt wurde und Sie zusammengebrochen sind" – Lotte blickte mich mitfühlend an – „fand ich es ziemlich komisch, dass sich alle möglichen Leute der Reihe nach zu Dascha schlichen."
Ich horchte auf.
Offenbar hatte die Kinderfrau, die mit Leon auf ihrem Platz geblieben war, das Geschehen im Auge behalten und tatsächlich erwiesen sich ihre Beobachtungen im Nachhinein als überaus hilfreich.
„Wer war denn bei Dascha?", fragte ich neugierig.
Lotte ließ sich nicht zweimal bitten.
„Das kann ich Ihnen sogar genau sagen. Als Sie rücklings auf dem Boden lagen, hat Ihnen der Arzt irgendwas gespritzt. Anschließend sind Liz und Samantha mit Ihnen ins Bad gegangen, weil Sie sich übergeben mussten. Aber zwischendrin – im allgemeinen Gewusel – waren Liz, Jerry und Samantha bei Dascha – genau wie Heinrich König, der mit seinem Rollstuhl hinfuhr."
Ich staunte.
Lottes Beobachtungen deckten sich haargenau mit den Beschreibungen der anderen Zeugen.
So harmlos wie möglich fragte ich: „War Ihre Dienstherrin auch bei Dascha?"
Die Antwort kam wie aus der Pistole geschossen: „Barbara? Nein! Die habe ich die ganze Zeit im Auge behalten."

„Aber wie konnten Sie das, wenn Sie Heinrich König hinterhergelaufen sind, um ihn von einem Besuch bei Dascha abzuhalten?", fragte ich listig.
Die Kinderfrau zuckte zusammen und blinzelte verlegen. „Das waren doch nicht mal drei Minuten", meinte sie versöhnlich. „Nein, ich bin mir völlig sicher, dass Barbara in der Küche war."
„Und doch hätte sie unbemerkt irgendwo hingehen können", erwiderte ich und lenkte das Thema auf den letzten Punkt: „Was wollte Heinrich König von Dascha?"
Lotte stöhnte.
„Der Alte hat sich furchtbar benommen. Er hat die Kleine grundlos beschimpft. Ich habe überhaupt nicht verstanden, worum es dabei gegangen ist – und ja, ich konnte ihn kaum aus dem Kinderzimmer schieben, so sehr hat er sich gesträubt und gewehrt. Aber am Ende" – sie lächelte tapfer – „ist es mir zum Glück gelungen."
„Wie ging es Dascha zu diesem Zeitpunkt?"
„Sie hat gelächelt und etwas gelesen. Ja, als ich ging, war die Kleine wohlauf."
Ich beugte mich vor.
„Was ich Sie jetzt frage, ist überaus wichtig: Haben Sie gesehen, wer nach Ihnen zu Dascha ging?"
Lotte überlegte. „Ja, irgendjemand stand rechts neben Daschas Tür, aber ich hatte keine Zeit hinzusehen, weil ich hörte, dass Leon weinte. Ich schob Heinrich ein Stück Richtung Küche und ließ ihn dann stehen, weil er sich wieder sträubte. Danach habe ich Leon gewickelt. Und als ich damit fertig war, liefen auf einmal alle zu Dascha und dann ..."
Die Kinderfrau brach in Tränen aus.
Ich stellte ihr die letzte Frage.

„Können Sie sich vorstellen, dass Barbara Dascha ermordet hat?"
Lotte schluchzte.
„Auf keinen Fall", sagte sie weinend, doch ihr Blick verriet mir, dass die Kinderfrau das selbst nicht glaubte. Denn genau wie vor einer Minute, als sie fälschlicherweise behauptet hatte, dass sie Barbara die ganze Zeit im Auge behalten hätte, zuckte sie erneut zusammen und blinzelte mehrmals.
Ich tätschelte die Hand der Frau.
„Danke, Frau Lehmann, Sie haben mir sehr geholfen! Leider hatten Sie recht mit Ihrer Warnung, dass Dascha etwas zustoßen könnte. Ich hätte auf Sie hören sollen."
Die Kinderfrau schniefte.
„Dann hören Sie wenigstens dieses Mal auf mich: Ich habe Angst um Leons Leben. Ja, je mehr ich darüber nachdenke, desto mehr befürchte ich, dass der Mörder ihn ebenfalls umbringen wird!"

Zuletzt nahm ich Mamie ins Kreuzverhör.
„Haben Sie wieder Fotos gemacht?"
Die Köchin schüttelte den Kopf und musterte mich verächtlich.
„Mit Ihnen rede ich nicht mehr! Ich will nicht noch tiefer in die Angelegenheit reingezogen werden. Nach dem Mord an der kleinen Elisa hat die Kripo mein Smartphone beschlagnahmt. Ich habe es noch nicht zurück. Jetzt besitze ich nur noch dieses Dinosaurierhandy hier!"
Sie rümpfte die Nase und zeigte mir ein Uralt-Nokia.
Ich schmeichelte Mamie.
„Ach, kommen Sie! Letztes Mal haben Sie mir doch sooo geholfen. Aufgrund Ihrer Fotos konnte der Staatsanwalt

beweisen, dass Barbara König ihre Ohrringe den ganzen Abend getragen hatte."
Mamie errötete.
„Heißt das, sie wurde dank mir überführt?"
Ich nickte.
„Die Tatsache, dass sie später nur noch einen Ohrring trug und sich der andere in Elisas Hand befand, gilt als Beweis für ihre Schuld. All das verdanken wir Ihnen, liebe Mamie."
Die Köchin lächelte geschmeichelt.
„Dann will ich mal nicht so sein. Vielleicht ist mir heute Abend tatsächlich was aufgefallen. Was möchten Sie wissen?"
„Vor allem, ob Barbara König heute bei ihrer Tochter war. Haben Sie sie zu Dascha gehen sehen?"
Die Köchin dachte fieberhaft nach.
„Mal überlegen. Um 12.30 Uhr war Dienstbeginn. Pierre hat Kaffee und Tee zubereitet, während ich Kuchen backte. Um 15.00 Uhr kamen Sie vom Friedhof zurück. Um 15.10 Uhr ist mir zum ersten Mal aufgefallen, dass Dascha die ganze Zeit geprahlt hat. Mein Gott, ist mir die Kleine auf die Nerven gegangen! Um 15.35 Uhr haben Pierre und ich die Getränke verteilt – und fünf Minuten später sind Sie zusammengebrochen."
Ich stutzte.
„Wieso haben Sie sich die ganzen Uhrzeiten gemerkt?"
Mamie deutete auf einen Punkt jenseits meiner Schulter und ich drehte mich um.
„Dort hängt eine große Küchenuhr."
„Aber was ist nach meinem Zusammenbruch geschehen?"
Die Köchin dachte wieder nach.

„Zuerst hat sich der gut aussehende Arzt über Sie gebeugt und Ihnen was in den Arm gespritzt. Dann sind die Damen wild durcheinandergelaufen – ständig war eine im Flur oder im Bad. Und ja, ein paarmal konnte ich auch hören, dass Trauergäste bei Dascha waren. Sie müssen wissen, dass die feinen Leute ziemlich aufgeregt waren, weil sie eine Zeichnung sehen wollten, die die Kleine angefertigt hatte."
„Doch in welcher Reihenfolge waren die Leute bei dem Mädchen?"
„Das habe ich mir leider nicht gemerkt", antwortete Mamie in einem bedauernden Tonfall.
„Aber ich!", mischte sich Pierre ein. „Als Erste war die attraktive Medizinstudentin – ich glaube, sie heißt Liz – bei dem Mädchen. Anschließend ging der Teenie zu Dascha und nach ihm seine schwarze Mutter. Außerdem habe ich gehört, dass die Kinderfrau den Greis aus Daschas Zimmer holen wollte, aber der Alte hat sie beschimpft."
Ich beugte mich vor.
„Jetzt noch mal kurz zurück zu Frau König. War Daschas Mutter auch bei dem Mädchen?"
Die Köchin schüttelte den Kopf.
„Soweit ich weiß, war sie nur kurz auf der Außenterrasse. Aber ich konnte nicht genau sehen, was sie dort gemacht hat."
„Ich schon", entgegnete der Kellner. „Sie ging ein Stück mit dem Doktor spazieren. Und sie kam nicht durch die Vordertür zurück, sondern von hinten – also aus jenem Flur, an den das Zimmer ihrer Tochter grenzt."
„Heißt das, dass sie bei dem Mädchen gewesen sein könnte?"
Pierre nickte. „Da bin ich mir sicher."

„Ausgezeichnet!“, sagte ich und fragte als Nächstes nach den Getränken: „Haben Sie den Tee und den Kaffee die ganze Zeit im Auge behalten?“
Der Kellner bejahte. „Aber warum fragen Sie das? Glauben Sie etwa, dass Ihnen jemand was in den Tee getan hat? Das wäre ganz und gar unmöglich, denn aus der Kanne haben drei Personen getrunken.“
„Aber wo standen die Tassen, bevor Sie sie auf den Tisch gestellt haben?“
„Auf einem Tablett in der Küche“, erwiderte Pierre. „Aber selbst, wenn eine Person was in eine der Tassen getan hätte, bevor wir den Tee hineingegossen haben, hätte er doch gar nicht davon ausgehen können, dass diese Tasse bei Ihnen landet – es sei denn, er wäre ein Hellseher gewesen, der haargenau wusste, dass Sie sich für Tee entscheiden und eine der Rosentassen bekommen.“
Pierres Argumentation leuchtete mir ein.
Und dennoch hat mich der Mörder gezielt ausgeschaltet, weil er ahnt, dass ich ihm auf der Spur bin dachte ich und ärgerte mich, dass ich den Trick des Täters nicht durchschaute.
„Dann habe ich nur noch eine Frage“, sagte ich zu Mamie. „Konnten Sie zufälligerweise einen Blick auf Daschas Zeichnung werfen? Und wenn ja, haben Sie den Mann, den das Mädchen gemalt hat, wiedererkannt?“
Mamie warf Pierre einen Blick zu und wisperte: „Sollen wir verraten, was wir wissen?“
Der Kellner bejahte.
Unauffällig signalisierten mir die Angestellten, ihnen in die Küche zu folgen, wo sie mir ein zusammengerolltes Stück Papier übergaben.

„Bitte schön!“, flüsterte die Köchin. „Das ist Daschas Zeichnung. Das kleine Mädchen hat sie mir gegeben, weil sie die Leute auf die Folter spannen wollte. Ich sollte sie in einer Schublade verstecken und sie Dascha später wiedergeben. Aber jetzt glaube ich, dass sie am besten bei Ihnen aufgehoben ist. Der Polizei gebe ich das Bild nicht, weil die Bullen mein Handy behalten – ja, Mamie Miller ist nachtragend. Nun nehmen Sie die Zeichnung schon und verschwinden Sie damit. Ich will nicht noch mehr Ärger bekommen.“

Eine Viertelstunde später wurde Barbara abgeführt, während die Bestatter von Haus Grau, die Elisa beerdigt hatten, Dascha in die Rechtsmedizin brachten.
Dort wartete Professor Pottenpüschel bereits auf das Mädchen.
Drei Tage später berichtete mir mein langjähriger Bekannter bei der Kripo, der die Computersysteme betreute, von den Obduktionsergebnissen.
„Genau wie Elisa ist Dascha erstickt. Die Mordwaffe war wieder ein Kissen. Aber anders als bei ihrer Schwester wurden in Daschas Magen keinerlei Rückstände von Arzneien gefunden. Und jetzt halte dich fest ...“
Eberhardt senkte seine Stimme.
„Die klebrige Substanz in deiner Tasse war dasselbe Brechmittel, das Professor Pottenpüschel in Elisas Magen gefunden hatte.“
„Ist dieses Mittel verschreibungspflichtig?“
Eberhard nickte.
„So was bekommen nur Ärzte, Medizinstudenten oder Laborpersonal. Und natürlich Mörderinnen wie Barbara König, die einen eigenen Leibarzt haben.“

„Heißt das, die Kripo glaubt felsenfest, dass Barbara die Täterin ist?“
„Natürlich“, rief Eberhardt. „Daran gibt es keinen Zweifel.“
Ich schluckte.
„Wie geht’s der Dame denn im Knast?“
„Sie sitzt den ganzen Tag in einer Ecke und will mit keinem Menschen reden. Laut dem Gefängnisarzt besteht Suizidgefahr. Aber ihr Mann setzt alle Hebel in Bewegung, um sie noch mal auf Kaution freizubekommen.“
„Ist das denn realistisch?“
Eberhardt hob beide Hände.
„Wenn du mich fragst: nein. Aber wer weiß schon, wie viel Geld korrupte Leute wie Randolph König Juristen anbieten, um sie zu bestechen? Morgen ist die Anhörung. Danach wissen wir mehr.“
Ich beugte mich vor und zeigte Eberhardt Daschas Zeichnung.
„Hast du das Bild durch den Rechner laufen lassen?“
Eberhardt nickte.
„Leider war die Analyse erfolglos. Dieser Mann – falls es ihn überhaupt gibt – ist nie polizeilich in Erscheinung getreten. Übrigens finde ich, dass er dem Phantombild von dem Bettler überhaupt kein bisschen ähnelt, denn sein Kinn ist viel spitzer und er hat gar keinen Blutschwamm.“
„Ich weiß“, sagte ich und musterte die Zeichnung. „Das macht den Fall so kompliziert.“

Am Abend vor Barbaras Anhörung warf ich einen Blick auf die Fragen, die ich mir nach der ersten Begegnung mit den Verdächtigen gestellt hatte, und schrieb die Antworten darunter.

Am Ende sah die Liste so aus:
Wieso war Elisas Zimmertür von innen verriegelt?
Keine Ahnung.
Wie konnte der Mörder aus dem Kinderzimmer fliehen?
Keine Ahnung.
Wo sind die Handschuhe?
Der Mörder hat sie an einen Luftballon gebunden.
Woran hat der Bettler Jerry erinnert?
Keine Ahnung, aber vielleicht hilft Daschas Zeichnung Jerrys Gedächtnis auf die Sprünge.
Was meinte Jerry mit der Perücke?
Ich habe eine Theorie, aber ich muss sie noch verifizieren.
Wieso war Jerry so lange im Bad?
Dito.
Was weiß Jerry über Zoes Tod?
Er glaubt, dass es ein Unfall war.
Welchen Gegenstand hat Liz in Elisas Zimmer vermisst?
Den Luftballon.
Warum hat Liz' Smartphone den ganzen Abend geklingelt?
Der Grund ist pikant ...
Weshalb hat Liz Schneider mich belogen?
Dito.
Wieso hat Liz die Spülmaschine angestellt?
Sie wollte ihre Schwester beschützen.
Welchen Job hat Samantha Brockweber?
Samantha ist Labortechnikerin.
Wieso ist der Nervenarzt so besorgt um Barbara König?
Er fühlte sich schuldig. Elisa war seine heimliche Tochter.
Warum hat Randolph Barbara die Ohrringe vor der Bescherung geschenkt?
Keine Ahnung. Ich muss Randolph fragen.

In welcher Krankenkasse ist Barbara und was weiß sie über Barbaras Krankheit?
Laut der Kasse ist Barbara depressiv.
Wie sieht ihr Baby Leon aus?
Leon ist rundlich, Dascha ebenfalls. Elisa war schlank.
Wo hat Randolph die Ohrringe gekauft?
Bei Juwelier Wempe. Hinweis an mich: Den muss ich befragen.
Was verraten die Konten der Verdächtigen?
Gecheckt.
Was haben die Nachbarn gehört und gesehen?
Den Luftballon mit den Handschuhen.
Was wurde bei Elisas Obduktion im Magen des toten Mädchens gefunden?
Ein Brechmittel, ein leichtes Schlafpulver sowie Mandelspuren.
Wieso war Elisa so aufgedreht und meinte, dass es eine „Überraschung" gebe?
Keine Ahnung.
„Das sieht schon ganz passabel aus", sagte ich zu Günther und notierte noch drei Fragen:
Was hat Dascha mit ihrer Kinderkamera geknipst?
Wie kam das Brechmittel in meinen Tee?
Und weshalb hat Dascha die ganze Zeit gesagt, dass sie ein Geheimnis gelüftet habe?
Günther kläffte und ich stimmte ihm zu.
„Da hast du völlig recht, mein Lieber! Wenn wir wissen wollen, wer die Mädchen getötet hat, müssen wir Jerry Daschas Zeichnung zeigen."

Zwei Stunden vor Barbaras Anhörung telefonierte ich noch mal mit Gabriele Staup, die immer noch Angst

hatte, dass herauskam, dass sie einen Mann angefahren und Fahrerflucht begangen hatte.
Zuerst bot mir die Gerichtsangestellte wieder Geld – diesmal erhöhte sie die Summe sogar auf 15 000 Euro –, doch als ich sie barsch anfuhr und ihr befahl, Barbaras Akte umgehend zu besorgen, gab die Protokollantin Vollgas.
Fünf Minuten später saß Gabriele mit Barbaras Akte auf ihrem angestammten Verräterplatz – der einzigen Toilette im Zwischengeschoss des Justizgebäudes – und blätterte mit zitternden Fingern Seite für Seite des Ordners um.
„Hat Richter Wirth erneut den Vorsitz?"
Staup bejahte.
„Dann geben Sie mir sofort seine Nummer. Denn vor der Verhandlung will ich mit dem Mann reden."
Wirth staunte nicht schlecht, als ich ihn anrief, doch nachdem ich ihm mein Anliegen geschildert und ein paar kluge Argumente vorgebracht hatte, war auch der ehrenwerte Richter von meinem Plan überzeugt.

Wie vor zwei Wochen erschien die Verdächtige auch diesmal in Handschellen und Anstaltskleidung.
Barbara trug erneut einen weiten Pulli sowie eine Jeans mit Gummizug.
Doch anders als vor vierzehn Tagen war Richter Wirth diesmal abweisend.
Egal wie sehr sich Randolph und sein Kettenhund Marty Malowsky auch anstrengten – der Staatsanwalt und Richter Wirth wiesen sämtliche Anträge ab.
Ja, die Juristen ließen sich nicht mal auf fünf Millionen Euro Kaution ein.
Der Staatsanwalt argumentierte, dass Barbara eine Gefahr für Leon sei.

„Ich sorge mich um die Sicherheit des Babys, wenn sie freikommt."
Barbara schüttelte den Kopf, doch egal wie sehr sie auch flehte und stöhnte und wie eindringlich sie den Richter darauf hinwies, dass sie dringend ihre Tabletten brauche – der Jurist ließ sich nicht erweichen. Und während mein Blick über die Köpfe der Versammelten glitt, sah ich, dass sich das Gros der Familienangehörigen und Freunde seiner Meinung anschloss.
Denn mit Ausnahme von Randolph, der vergeblich versuchte, Blickkontakt mit Barbara aufzunehmen, gingen alle Anwesenden auf Distanz.
Derrick und Samantha hielten Händchen.
Lotte wiegte das Baby, Liz musterte ihre Schwester eiskalt und Jerry bereitete es Freude, gegen Heinrichs Rollstuhl zu treten.
Als Marty Malowsky endlich einsah, dass sein Flehen vergeblich war, versuchte er, dem Richter wenigstens die Erlaubnis abzuringen, dass Barbara zwei Tage später an Daschas Beerdigung teilnehmen durfte – und zum allgemeinen Erstaunen willigte der Richter ein.
„Aber nur unter strengster Bewachung und der Auflage, dass sie sich Leon nicht nähert!", sagte Wirth und beendete die Sitzung.

Vor Daschas Beerdigung hatte ich alle Hände voll zu tun. Als Erstes traf ich mich mit Randolph und fragte den Fleischfabrikanten, warum er Barbara die Ohrringe vor der Bescherung gegeben hatte.
Randolph fand meine Frage seltsam, doch weil ich auf einer Antwort bestand, verriet er mir, was ich wissen wollte.

Ich staunte.
Mit Randolphs Antwort hatte ich nicht gerechnet, aber als ich sie sacken ließ, sah ich den Fall in neuem Licht – und eilte rasch weiter.
Als Nächstes wählte ich die Nummer des Einwohnermeldeamts.
Dort hatte ich eine kroatische Bekannte, die mir einen Gefallen schuldete, weil ich wusste, dass sie eine Zeit lang unberechtigterweise Arbeitslosengeld kassiert hatte, obwohl sie heimlich Nachhilfestunden gegeben hatte.
Ja, Melanie Ahlborn war alles andere als erfreut, als ich sie anrief, aber weil sie sofort einsah, dass ich am längeren Hebel saß, schaute sie zähneknirschend in ihren Computer und verriet mir einen Namen.
Dank ihrer Auskunft fand ich das Foto eines Mannes.
Anschließend ging ich zu Jerry, dem ich Daschas Zeichnung zeigte.
Der Teenie erblasste.
Als er sich wieder gefangen hatte, bestätigte er mir, was ich bereits wusste.
„Ich habe mich über das Kinn gewundert", meinte der Junge, „ich habe mich über das verdammte Kinn des Bettlers gewundert!"
Zu Hause holte ich Günther ab, der mich bereits sehnsüchtig erwartete.
Wie üblich war er ziemlich grimmig, weil ich ihn nicht in meine jüngsten Ermittlungen miteinbezogen hatte, doch als ich ihm den Grund erklärte, bellte er zufrieden und trottete mit mir in die City, wo er eine Wurst bekam, bevor wir zu Juwelier Wempe gingen.

Hinter der Ladentheke stand eine adrette Frau mit dunklen Löckchen und einer teuren Bluse, die meinen Hund misstrauisch musterte.
Doch als ich erklärte, warum wir hier waren, setzte sie eine freundliche Miene auf und zeigte mir das letzte Paar Ohrringe von ‚Martin Katz'. „Dieser Designer lässt sich stets von originalen Art-déco-Kreationen zu seinen beeindruckenden Schmuckstücken inspirieren", flötete die Angestellte. „Wenn Sie mich fragen, sind seine Ohrringe mit Vintage-Flair die perfekte Wahl für Cocktailpartys und andere Abendveranstaltungen."
Sie ließ die glitzernden Schmuckstücke durch ihre gepflegten Hände gleiten und hauchte: „Die Ohrringe reichen beinahe bis zum Kinn. Sie wurden aus achtzehnkarätigem Weißgold gefertigt und sind mit Reihen von Diamanten im Brillantschliff besetzt, wobei sich am Ende jeweils ein Stein im Trapezschliff befindet. Wenn man sein Haar zurücksteckt und die Ohrringe anlegt, sollte man unbedingt eine schulterfreie Robe tragen, damit nichts von diesen herrlichen Schmuckstücken ablenkt."
„Wunderbar", entgegnete ich. „Dann kaufe ich sie. Liegt der Preis noch bei 42 000?"
„Ja", sagte die Dame und machte große Augen.
Offenbar hatte sie nicht damit gerechnet, dass ich mich so schnell entscheiden würde.
Mit flinken Fingern zog sie meine Kreditkarte durch den Scanner und begann zwei Minuten später, die Ohrringe liebevoll zu verpacken, während sie die ganze Zeit dasselbe Lied summte. Als sie sich ihres unprofessionellen Verhaltens bewusst wurde, entschuldigte sie sich sogleich dafür: „Das Radio hat mir einen Floh ins Ohr gesetzt.

Wenn man einmal was im Kopf hat, wiederholt man es ständig."
Ich erstarrte.
Ohne es überhaupt zu ahnen, hatte mir die Verkäuferin soeben die Antwort auf das letzte Rätsel gegeben.
Es war ein Ohrwurm, dachte ich und staunte, wie sehr ein Rädchen ins andere griff, als ich die Konsequenzen überdachte.
Ja, auf einmal passte alles zusammen ...
Teuflisch, dachte ich und wandte mich wieder den Ohrringen zu. „Gehen die Verschlüsse leicht auf?"
Die Verkäuferin schüttelte den Kopf.
„I wo!", sagte sie. „Keine Sorge, die Ohrringe sind nicht leicht zu verlieren. Schauen Sie mal – ich zeige es Ihnen. Wenn man hier hinten mit dem Zeigefinger draufdrückt, muss man gleichzeitig ..."
Sie öffnete den Verschluss mit so viel Fingerfertigkeit, dass ich Bauklötze staunte.
Die Verkäuferin lachte: „Das muss ich jedes Mal erklären."
„Verkaufen Sie diese Ohrringe oft?"
„Nein, eher selten", meinte die Angestellte. „Vor sechs Monaten ist mal ein Paar über den Ladentisch gegangen und kurz vor Weihnachten noch ein weiteres. Soweit ich mich erinnere, ist Ihr Paar erst das dritte in Hamburg. Sie brauchen also nicht zu befürchten, dass die halbe Stadt damit herumläuft."
Am selben Nachmittag telefonierte ich noch mal mit meinem Bekannten bei der Kripo und bat ihn um Daschas Fotos aus der Kinderkamera.
Wenige Minuten später schickte er mir eine E-Mail mit den Bildern.
Die meisten Fotos hatte Dascha von ihrer Mutter gemacht.

Auf den ersten Blick sah die Fabrikantengattin bedrohlich aus, weil sie auf Dascha heruntersah. Doch bei genauerem Hinsehen erkannte ich, dass sie tieftraurig in die Kamera schaute.

Auch Randolph König wirkte ermattet, doch von ihm hatte Dascha nur zwei Bilder geknipst. Der Fleischfabrikant schaute seine Tochter genervt an.

Ja, sowohl die Königs als auch ihre Freunde hatten höchst unterschiedlich auf Daschas Kinderkamera reagiert. Derrick lächelte gequält, Samantha hielt sich die Hand vors Gesicht, Jerry schaute weg, Heinrich streckte die Zunge raus und Liz gab sich allergrößte Mühe, heiter und freundlich auszusehen – genau wie Lotte, obwohl sie verweint war.

Ich bedankte mich bei meinem Bekannten, suchte Günthers Leine und machte meinem Dackel Beine: „Komm schon, Kleiner, heute statten wir noch zwei Leuten einen Besuch ab."

Günther bellte.

„Da hast du völlig recht", entgegnete ich. „Ja, jetzt kennen wir den Mörder. Aber bevor wir ihn überführen, müssen wir erst noch zwei Zeugen verhören. Willst du erst zur Reeperbahn und dann nach Hamburg-Harburg – oder umgekehrt?"

Günther zog an seiner Leine und ich gab mich geschlagen. „Also gut", erwiderte ich, „dann spazieren wir erst nach St. Pauli."

Zwei Tage später, an einem dunklen Wintertag, ging ich um 15 Uhr zum Friedhof Ohlsdorf und betrat die Kapelle. Von meinem angestammten Platz auf der Empore aus konnte ich alles überblicken.

Die Kapelle hatte vier Eingänge.
Links- und rechtsseitig standen Polizisten.
Den Hinterausgang bewachten Groll und Goulue.
Und vorne sorgten die Bestatterinnen von Haus Grau dafür, dass kein Unbefugter Zutritt zu Daschas Trauerfeier hatte.
„Läuft wie am Schnürchen", sagte ich zu Günther und hob ihn hoch, damit er auch was sehen konnte.
Mein Dackel wedelte mit dem Schwanz.
Um 15.20 Uhr nahmen wir zur Kenntnis, dass sich das Bethaus allmählich füllte.
Um 15.30 Uhr wurde der Sarg vor den Altar geschoben.
Um 15.35 Uhr nahmen die Bestatterinnen den Deckel ab.
Ich griff nach meinem Opernglas und musterte die Tote.
Dascha sah genauso aus, wie ich sie in Erinnerung hatte.
Nichts, aber auch gar nichts deutete darauf hin, dass die „kleine Detektivin" erstickt worden war.
Im Gegenteil: Dank Hamburgs bester Bestatterin, Connie Dizius, schien das Mädchen friedlich zu schlafen.
Um 15.40 Uhr kamen die Brockwebers.
Derrick trug eine dunkle Sonnenbrille.
Zwei Meter hinter ihm folgten Samantha und Jerry.
Seit der Begegnung im Gericht hatte ich die schwarze Südstaatenschönheit nicht mehr gesehen, doch ein Makler, der mir einen Gefallen schuldete, hatte mir vertraulich verraten, dass Sam den Verkauf ihrer Wohnung plante, während sich Derrick mit Händen und Füßen gegen die Praxisauflösung sträubte.
Ja, die Brockwebers waren zerstritten.
Derrick und Samantha setzten sich so weit auseinander, dass eine Fußballmannschaft zwischen sie gepasst hätte.
Um 15.45 Uhr betrat Liz Schneider die Kapelle.

Die junge Frau schob Heinrich König, der in seinem Rollstuhl schlief.
Liz parkte den Greis auf der gegenüberliegenden Seite der Brockwebers.
Anschließend zückte sie ein Taschentuch, schniefte mehrmals, ging zum offenen Sarg und küsste Dascha auf die Stirn.
Um 15.50 Uhr kam Lotte Lehmann mit dem Baby.
Die Kinderfrau platzierte Leon im Mittelgang, ging ebenfalls zum Sarg, weinte bittere Tränen und setzte sich dann neben Liz.
Höchst zufrieden nahm ich zur Kenntnis, dass sie den Kinderwagen mit Argusaugen bewachte.
Um 15.55 Uhr wandten sich alle Köpfe zum Eingang, weil Barbara und Randolph erschienen.
Durch mein Opernglas konnte ich sehen, dass der Fabrikant – wie bereits bei Elisas Beisetzung – verweint und völlig gebrochen war, während Barbara teilnahmslos wirkte.
Sie ignorierte sämtliche Blicke, legte eine Rose auf Daschas Brust, nickte Priester Woelkchen zu und setzte sich zu ihrer Schwester und Lotte.
Die Frauen rückten von ihr weg.
Doch von der Empore aus sah ich noch mehr.
Randolph griff nach Barbaras Hand, aber sie ignorierte ihn.
Samantha funkelte Barbara an.
Und Kommissar Groll ging zu Lotte Lehmann, um sie aufzufordern, sich umzusetzen.
Ja, die Kripo achtete darauf, dass Barbara Abstand zu Leon hielt.

Um 16.00 Uhr begann die Messe und mein Blick schweifte umher.
Statt Kerzen brannte künstliches Licht, weil die Kripo vermeiden wollte, dass im Halbdunkel etwas passierte.
So konnte ich jedes Detail erkennen.
Um 16.20 Uhr – Woelkchen beendete gerade seine Predigt und die Gemeinde sang ein Lied – erwachte mein Dackel.
Günther knurrte.
Vergeblich versuchte ich ihn zu beruhigen, doch Günthers Haare sträubten sich und mein kleiner Freund jaulte.
„Pst! Alles ist gut", sagte ich – als auf einmal die Lichter ausgingen.
Nun war es stockfinster und der Gesang der Gemeinde verstummte.
Fünf Sekunden sagte niemand ein Wort.
Doch als die Lichter nicht wieder angingen und man ein Schnaufen und Keuchen hörte und Billigfusel roch und es kurz darauf raschelte und eine Frau schrie, sprangen auf einmal alle auf und zückten ihre Handys, um zu sehen, was passierte.
Jerrys Lichtstrahl war der erste, der die Finsternis zumindest so weit durchbrach, dass wir jemanden sehen konnten, der an Leons Kinderwagen zerrte.
Aber bevor die Leute verstanden, was im Dunkel der Kapelle geschah, hatte die unbekannte Gestalt den kleinen Leon bereits aus dem Wagen gehoben und rannte mit ihm durch den Mittelgang, um im nächsten Moment die Vordertür aufzureißen und mit dem Säugling nach draußen zu stürmen – vorbei an den völlig überrumpelten Bestatterinnen, die den Mann nicht aufhalten konnten.

Sekunden später verschwand der Kinderdieb zwischen Grabsteinen, Kreuzen und Trauerweiden.
In diesem Moment flackerten die Lichter wieder auf, doch es war bereits zu spät.
Ich starrte durch das Opernglas.
Unten stand ein völlig fassungsloser Priester vor einer entsetzten Trauergemeinde und einem leeren Kinderwagen, neben dem Lotte Lehmann kniete.
Die gute Seele zitterte wie Espenlaub und Derrick eilte sofort zu ihr.
„Sie steht unter Schock", sagte der Arzt.
Mein Blick jedoch fiel auf Barbara, die wie ein düsterer Engel in der Mitte der Kapelle stand und laut rief: „Jetzt ist endlich alles gut!"
Ja, während Jerry die Verfolgung des Eindringlings aufnahm und schrie, dass er genau gesehen habe, dass es sich bei dem Kinderdieb um den Bettler gehandelt hatte, drehte Barbara völlig durch.
Groll und Goulue führten sie ab.
Doch selbst nachdem die Kommissare Frau König aus der Kapelle gebracht hatten, hallte Barbaras irres Lachen noch lange in unseren Köpfen nach.

Nach Leons Entführung forderte uns die Kripo auf, in der Wohnung der Königs zu warten.
Dort, so die beiden Kommissare, werde man uns später verhören.
Um 19 Uhr war es so weit.
Zuerst erkundigten sich die Ermittler nach dem Zustand von Lotte Lehmann.
Die Kinderfrau war stark lädiert.

Beim Versuch, sich gegen den Kidnapper zu wehren, hatte Lotte eine Platzwunde am Kopf davongetragen. Sie saß wimmernd in einem Sessel, presste ein Eis-Pack vor ihre Beule und beschuldigte sich selbst, nicht genug aufgepasst zu haben.
„Zum Glück ist es keine Gehirnerschütterung", erklärte Derrick den Kommissaren, „aber der Schock sitzt immer noch tief. Frau Lehmann ist nicht ansprechbar."
Dasselbe galt für Randolph König.
Der Fabrikant lief pausenlos im Kreis und beschimpfte die Polizei als „unglaubliche Versager".
„Ich habe euch sofort gesagt, dass der Bettler meine Töchter umgebracht hat – aber was macht ihr? Verdächtigt meine arme Frau, statt den Mörder zu verhaften! Und jetzt hängt ihr hier rum, statt meinen entführten Sohn zu suchen! Aber eines garantiere ich euch: Wenn Leon ebenfalls umgebracht wird, vernichte ich euch alle!"
Grolls Miene wirkte schuldbewusst, doch Randolph war noch nicht mit ihm fertig.
„Ich verlange, dass Barbara umgehend freigelassen wird", wetterte der Fabrikant und baute sich vor Groll und Goulue auf, während seine Halsschlagader so sehr pochte, dass sie zu explodieren drohte.
„Wenn meine Frau nicht in einer Stunde frei ist, verklage ich die Kripo. Ich verlange Barbaras sofortige Freilassung. Mein Anwalt wird ..."
Der Fabrikant fasste sich an den Nacken und sackte urplötzlich zusammen.
Erstaunt sah ich, dass Derrick aus seinem Schatten trat.
„Ich habe ihm ein Beruhigungsmittel gespritzt", meinte der Arzt und hievte Randolph auf das Sofa.
Groll atmete erleichtert auf.

„Dann möchte ich Sie jetzt alle bitten, mir kurz zu schildern, woran Sie sich erinnern. Ist Ihnen etwas aufgefallen?“
Liz Schneider schüttelte den Kopf.
„Ich saß direkt neben Lotte, als die Lichter ausgingen. Dann kam der Fremde aus dem Nichts. Ich hörte, dass Lotte mit ihm kämpfte, und wollte ihr zu Hilfe eilen, doch leider war es bereits zu spät.“
Samantha und Derrick stimmten ihr zu.
Unglücklicherweise hätten sie den Kidnapper ebenfalls zu spät bemerkt.
Ja, bis auf Jerry, der sich als Einziger aufgerafft und den Bettler bis nach draußen verfolgt hatte, hatte den Eindringling niemand gesehen.
Der Teenie schilderte aufgeregt, dass er den „schwarzen Mann“ sofort wiedererkannt habe. „Ich verfolgte ihn über den halben Friedhof, doch auf einmal verschwand der Typ zwischen Hecken und Sträuchern – und kurz darauf sah ich, dass ein Polizeiwagen wegfuhr.“
Samantha starrte Jerry an.
„Was sagst du da? Ein Polizeiauto? Das ist doch völlig unmöglich.“
Groll klappte sein Notizbuch zu.
„Das sehe ich genauso. Höchstwahrscheinlich hatten Sie eine Halluzination, Herr Brockweber. So was passiert manchmal, wenn man lange gerannt ist und ...“
Grolls Handy unterbrach den Ermittler und er ging in die Küche, um zu telefonieren.
Drei Minuten später kehrte er leichenblass zurück.
„Das Kind ist tot“, erklärte Groll.
Günther winselte.

Die Nachricht von Leons Tod schlug ein wie eine Bombe.
Liz fiel weinend in Randolphs Arme.
Derrick und Samantha waren fassungslos.
Heinrich König riss die Augen auf.
Jerry bekam einen Hustenanfall.
Und Lotte Lehmann wurde kalkweiß.
Minutenlang hörte man nur Schluchzen und Weinen.
Endlich jedoch traute ich mich, die Ermittler zu fragen, was dem Jungen passiert war.
Groll räusperte sich.
„Leon König wurde erstickt auf einer Müllkippe gefunden – neben dem Schlafplatz eines Bettlers."
„Aber haben Sie den Mann?"
Groll nickte.
„Ja, wir haben seine Identität festgestellt. Laut meinen Kollegen ist er schon in U-Haft. Er hat den Mord an Leon gestanden – sowie auch die Tötungen von Elisa und Dascha."
Randolph schluchzte.
„Heißt das, meine Frau kommt frei?"
„Ja", entgegnete Groll. „Ihr Anwalt hat Frau König bereits abgeholt. Sie müsste jede Sekunde eintreffen."
Samantha Brockweber stand auf.
„Dann werden wir jetzt sofort gehen. Ich will nur noch raus hier, sonst drehe ich durch. Jerry ... Derrick ... holt eure Jacken. Ich will weg sein, bevor Barbara kommt."
„Ich ebenfalls", sagte Liz Schneider. „Der Tag war grausam und nach allem, was Barbara in der Kapelle gesagt hat, kann ich ihr nicht mehr unter die Augen treten."
Sie wandte sich an Randolph.
„Wenn du mich fragst, ist Barbara am besten in einer Psychiatrie aufgehoben. Soll ich Heinrich mitnehmen?"

Der Fabrikant nickte.
Groll wandte sich an Lotte.
„Möchten Sie noch hierbleiben, Frau Lehmann?"
Die Kinderfrau blickte von einem zum anderen.
„Ja ... ich meine ... wir können Barbara doch nicht einfach alleine lassen ... nach allem, was passiert ist."
Die gute Seele erhob sich wacklig. „Aber andererseits gibt es jetzt hier nichts mehr für mich zu tun. Ich meine ... jetzt, wo alle Kinder tot sind."
Sie hakte sich bei Liz ein und folgte den anderen Personen zum Lift.
Doch bevor Samantha, die den Aufzug als Erste erreichte, in den Lift steigen konnte, schloss sich die Tür und der Aufzug fuhr nach unten.
Samantha scharrte mit den Füßen.
„Ausgerechnet jetzt", sagte sie leise, „wo ich nur noch von hier wegwill. Ich packe noch heute meine Koffer und fliege zurück nach Amerika. Ich hasse Hamburg! Diese Stadt hat uns nichts als Unglück gebracht. Ich lasse Zoes Urne ausgraben und bringe sie nach ..."
Ihre Stimme verstummte, denn der Lift surrte wieder.
Zehn Sekunden später kam er oben an.
Und als sich die Lifttür öffnete und Barbara König heraustrat wie ein Racheengel, sahen wir alle, dass nichts, aber auch gar nichts mehr an die kranke, durchgedrehte Frau erinnerte, die sie noch bis vor Kurzem gewesen war.
Im Gegenteil: Hocherhobenen Hauptes trat Barbara König vor ihre Freunde, deren Blicke allesamt an ihrem rechten Ohr klebten, wo ein 21 000 Euro teurer, kinnlanger Ohrring mit 27 Diamanten so sehr glitzerte, dass er mich an den Sternenhimmel erinnerte.

„Wollt ihr etwa schon gehen?“, fragte Barbara lächelnd, während ich zur Kenntnis nahm, dass die Augen eines Anwesenden beinahe überquollen. „Kommt, leistet mir noch ein wenig Gesellschaft. Sonst verpasst ihr noch das Beste – die Überführung eines Mörders!“
Sie sah mich an und ich nickte ihr zu.
„Frau König hat recht. Bitte setzen Sie sich.“

Fünf Minuten später blickten mich acht erwartungsvolle Augenpaare sowie zwei nicht minder neugierige Cops an. Ich räusperte mich.
„Zunächst will ich mich erst mal outen. Sie kennen mich alle als Person, die seelsorgerisch aktiv ist, aber in Wirklichkeit habe ich ermittelt. Und heute“ – ich lehnte mich zufrieden zurück – „wird der Kindermörder endlich verhaftet.“
Überrascht, aber auch ein wenig empört, schauten mich die Leute an.
Jerry reagierte als Erster.
„Aber ich dachte, es wäre der Bettler“, rief der Junge.
Ich lächelte dem Teenie zu.
„Dazu kommen wir später. Zuerst jedoch erkläre ich, wie sieben der hier versammelten Menschen Opfer einer Täuschung wurden – und wie es dem achten Anwesenden gelungen ist, sie zu manipulieren. Denn der Kindermörder ist ein Meister der Illusion.“
„Heißt das, es ist ein Mann?“, fragte Liz.
„Einen Augenblick noch, Mademoiselle“, entgegnete ich freundlich. „Lassen Sie uns zunächst über den ersten Mord reden. An Heiligabend wurde Elisa König in ihrem Kinderzimmer erstickt – und zuerst kamen alle Anwesenden als Täter infrage, weil zum Zeitpunkt des

Verbrechens, einem Feuerwerk auf der Außenterrasse, niemand ein glaubwürdiges Alibi hatte."
Ich deutete auf Barbara König.
„Am Ende des Abends wurde Elisas Mutter verhaftet, weil einer ihrer auffälligen Ohrringe in der Hand des Mädchens gefunden wurde. Doch ich fand es von Anfang an seltsam, dass Frau Königs Ohr nicht verletzt war. Denn mal ehrlich: Wenn man einem Kind ein Kopfkissen aufs Gesicht drückt und es schreit und strampelt und gleichzeitig blind durch die Gegend greift und seine Hand einen Ohrring zu fassen bekommt und es daran zieht, würde das Ohrläppchen doch zerreißen, oder?"
Die Anwesenden raunten und sie stimmten mir zu.
Einzig Samantha hatte einen Einwand.
Sie warf Barbara einen giftigen Blick zu und rief: „Das sehe ich anders. Bestimmt hat sich der Verschluss gelöst."
Ich lächelte.
„Natürlich wäre das durchaus möglich. Aber ich bitte Sie trotzdem, die Möglichkeit in Betracht zu ziehen, dass das nicht der Fall war. Und jetzt komme ich zum nächsten Rätsel – dem Mysterium der verschlossenen Tür."
Heinrich König lachte fies.
„Das ist doch kein Rätsel! Bestimmt hatte meine Schwiegertochter einen Zweitschlüssel. Und bestimmt konnte sie Elisas Tür damit von außen auf- und zuschließen, obwohl der Schlüssel von innen steckte."
Ich nickte dem Greis zu.
„Genau das will uns der Mörder glauben lassen. Weil wir uns nicht erklären können, wie es möglich ist, dass eine Tür von innen verschlossen ist, suchen wir automatisch nach der einfachsten Lösung – und die besteht nun mal darin, an einen Zweitschlüssel zu glauben."

Triumphierend blickte ich in die Runde.
„Und wer hat einen solchen Zweitschlüssel, wenn nicht die Besitzer der Wohnung? Wer, wenn nicht Randolph und Barbara? Ja, genau wie der Ohrring war auch die verschlossene Tür ein subtiles Signal, das Frau König verdächtig machte. Irgendwie, so die allgemeine Meinung, hatte sie es schon geschafft, den ‚Zaubertrick' mit der verschlossenen Tür zu vollbringen."
Samantha grunzte.
„Was soll der Scheiß? Wir wissen alle, dass es so ist. Barbara MUSS einen Zweitschlüssel haben. Natürlich ist sie die Mörderin. Und natürlich steckt sie mit dem Bettler unter einer Decke, denn eine solche Mordserie kann man nicht ohne einen Komplizen vollbringen."
Ich schüttelte den Kopf.
„In diesem Punkt irren Sie sich. Randolph und Barbara sagen die Wahrheit: Es gibt keinen Zweitschlüssel. Insofern ist das Rätsel des verschlossenen Zimmers genauso paradox wie die Sache mit dem Ohrring. Aber bevor ich beides auflöse, will ich Ihnen erst noch ein paar weitere Dinge ins Gedächtnis rufen."
„Und die wären?", fragte Lotte.
„Zuallererst die Sache mit dem Bettler", entgegnete ich freundlich. „Der Mann stand plötzlich in der Wohnung. Aber wie war das möglich?"
„Das frage ich mich auch", polterte Randolph. „Schließlich bezahle ich extra für einen Portier, der unten aufpasst."
Ich nickte ihm zu.
„Aber was, wenn dieser zuverlässige Mann einen Moment lang abgelenkt ist, weil draußen Böller in einer Mülltonne explodieren? Sie müssen sich das so vorstellen: Als die Mülltonne umkippt, rennt der Portier raus, um

nach dem Rechten zu sehen. Auf diesen Moment hat der Eindringling gewartet. Er schlüpft durch die Tür und fährt mit dem Lift hoch."

Randolph schüttelte den Kopf. „Unmöglich, schließlich braucht man dazu einen Sicherheitsschlüssel."

„Nicht, wenn man oben bereits erwartet wird", entgegnete ich freundlich.

„Was wollen Sie damit andeuten?", wetterte Randolph.

„Dass sich einer der Gäste zur Lifttür schlich, um den Bettler nach oben zu lassen. Und dass der Besuch des Mannes mit dem Blutschwamm von Anfang an ein abgekartetes Spiel war – beziehungsweise eine Frage des Timings."

Derrick beugte sich interessiert vor.

„Des Timings? Wie meinen Sie das?"

„Ganz einfach", erwiderte ich lächelnd. „Der Auftritt des Bettlers war punktgenau geplant – inklusive aller weiteren Ereignisse."

Lotte schüttelte den Kopf.

„Aber man konnte doch nicht ahnen, dass Elisa einen allergischen Anfall haben und auf ihr Zimmer gehen würde."

„Oh doch!", entgegnete ich ernst. „Elisas Anfall nach dem Verzehr des Plumpuddings, den der Mörder mit Mandelpulver versetzt hatte, war der zentrale Akt des Abends. Diesen Vorfall hatte der Mörder arrangiert, damit er sicher sein konnte, dass das Mädchen allein sein würde. Und damit Elisa später nicht schrie, als er hereinkam, um sie zu töten, hatte er ihr obendrein ein leichtes Schlafmittel in den Pudding gemischt."

„Wollen Sie damit etwa sagen, dass der allergische Anfall meiner Tochter gar kein Zufall war?", rief Randolph.

Ich nickte.

„Genau wie der Besuch des Bettlers! Der Mörder ließ den Bettler rein, um die Gäste abzulenken. Als sich alle auf ihn konzentrierten, versetzte er Elisas Pudding – die Schälchen standen zu diesem Zeitpunkt bereits auf dem Tisch, wie mir Mamie versicherte – mit Mandelpulver sowie einem Brech- und einem Schlafmittel."

Lotte war erschüttert. „Hat Elisa deshalb geschlafen, als ich sie besucht habe?"

Ich nickte.

„Ja, natürlich! Elisa ist bei jedem Besuch aufgewacht und im nächsten Moment wieder eingeschlafen."

„Doch wer tut einem kleinen Mädchen so was Gemeines an?", fragte Heinrich.

Ich taxierte den Alten. „Dieselbe Person, die Dascha ermordet hat."

„Das kann aber nicht der Bettler gewesen sein", meinte Liz, „weil er an diesem Tag gar nicht hier war."

Ich lächelte Liz zu.

„Stimmt, der Mörder brauchte den Bettler nicht mehr, weil Daschas Ermordung nicht so kompliziert war. Aber von langer Hand vorbereitet war diese Tat natürlich auch."

Randolph war erschüttert.

„Heißt das etwa, dass bereits feststand, dass meine zweite Tochter ebenfalls sterben musste?"

Ich nickte.

„Auf den ersten Blick wirkt es so, als ob Dascha dem Mörder auf die Schliche gekommen wäre. Aber ich werde später beweisen, dass sie nur eine Marionette des Mörders war."

Samantha schüttelte den Kopf.

„Ich glaube immer noch, dass Barbara hinter dem Ganzen steckt. Es kann doch kein Zufall sein, dass jedes Mal ein Kind stirbt, wenn sie anwesend ist."
Meine Miene verfinsterte sich.
„In diesem Punkt haben Sie völlig recht. Es war kein Zufall, dass die Mädchen starben, als ihre Mutter anwesend war. Aber haben Sie schon mal eine Sekunde überlegt, dass Barbara der perfekte Sündenbock ist? Schließlich steht sie die ganze Zeit neben sich und bekommt ständig Injektionen. Was, wenn die ganzen Mittel, die sie zu sich nimmt, Erinnerungslücken auslösen?"
Der Doktor schüttelte den Kopf.
„Ich bin Barbaras Leibarzt. Keines der Mittel, die ich ihr gebe, lösen solche Blackouts aus. Im Gegenteil: Sie bekommt lediglich Vitamine und ein Antipsychotikum."
Ich musterte den Nervenarzt.
„Das behaupten Sie – aber wer weiß schon, ob das wirklich stimmt? Nennen Sie mir einen Grund, warum Barbara behauptet, dass sie die Morde begangen hat, und es später widerruft."
Samantha fuhr die Krallen aus.
„Weil sie eine glänzende Schauspielerin ist. Ständig täuscht sie vor, kränklich zu sein, dabei will sie bloß meinen Derrick an sich binden. Nein, es gibt keine andere Erklärung. Oder fällt jemandem eine ein?"
„Natürlich gibt's noch eine andere Erklärung", entgegnete ich leise. „Jemand könnte ihr eingeredet haben, dass sie verrückt ist."
Die schwarze Südstaatenschönheit lachte schallend: „Das glauben Sie doch selbst nicht."
Ich hob beide Hände.

„Vergessen Sie nicht, dass wir es hier mit einem teuflischen Charakter zu tun haben. Unser Mörder ist ein Meister der Illusion. Weil sein Ablenkungstrick mit dem Bettler so gut funktionierte, hat er ihn noch mal benutzt, indem er mir was in den Tee tat."
„Aber davon haben Jerry und ich doch auch getrunken", meinte Liz zweifelnd.
„Dazu komme ich später", entgegnete ich freundlich, „aber vorher möchte ich Ihren Blick noch auf Leons Entführung lenken. Ist Ihnen dabei was aufgefallen?"
Die Anwesenden überlegten.
„Außer der Tatsache, dass der Bettler plötzlich bei Daschas Trauerfeier aufkreuzte fand ich nichts seltsam", entgegnete Jerry.
Ich nickte.
„Das ist genau der springende Punkt. Und genau deshalb bitten wir unseren Kronzeugen jetzt herein."
Die Anwesenden starrten mich an.
„Das lasse ich mir nicht gefallen", rief Randolph und stand ruckartig auf. „Ich trete dem Kerl so in die Eier, dass er ..."
Die Halsschlagader des Fabrikanten pochte, doch ich konnte ihn beruhigen.
„Hören Sie sich erst mal an, was der Mann zu sagen hat. Danach sieht alles anders aus."

Zehn Minuten später saß der Bettler den Anwesenden, die Groll und Goulue in einem Halbkreis arrangiert hatten, gegenüber.
Randolph wäre dem Fremden – der Mann hatte einen Stoppelbart und eine Fahne, aber keinen Blutschwamm – am liebsten sofort an die Gurgel gegangen, aber weil die

Kommissare neben ihm standen und ihre Waffen gezückt hatten, traute sich niemand aufzustehen.
Ich setzte mich neben den Bettler und musterte die Gesichter der Menschen.
„Bevor unser Besucher gleich auspackt", setzte ich an, „überführe ich den Täter. Ich fand es von Anfang an seltsam, dass jeder von Ihnen ein Mordmotiv hatte. Ist das wirklich Zufall? Oder hat es der Mörder bewusst darauf angelegt, jeden verdächtig erscheinen zu lassen? Kommen wir zunächst zu Randolph."
„Ich soll ...?", rief der Fabrikant und wuchtete sich von seinem Platz hoch. „Glauben Sie ja nicht, dass ich es mir gefallen lasse, dass man mich verdächtigt! Ich will mit meinem Anwalt reden!"
Groll fuchtelte mit seinem Revolver und Randolph wurde schlagartig kleinlaut.
Demütig hörte er sich an, was wir über ihn zu sagen hatten.
Ich richtete das Wort an den Bettler: „Was wissen Sie über Randolph König?"
Der Fremde setzte ein Lächeln auf. „Dass er ein stinkreicher Millionär ist – und gewalttätig. Außerdem ist mir bekannt, dass ihn seine Frau betrogen hat und dass seine Tochter Elisa nicht sein eigenes Fleisch und Blut war."
Wutentbrannt sprang Randolph auf, doch bevor er dem Mann an die Gurgel gehen konnte, wandte Groll einen Polizeigriff an, zückte seine Handschellen und fesselte Randolph an einen Stuhl.
Während der Fabrikant wetterte und fluchte, richtete ich das Wort an die Anwesenden.
„Die Behauptung des Bettlers stimmt! Im Laufe der Ermittlungen habe ich herausgefunden, dass Derrick und

Barbara Elisas Eltern waren – und dass das allgemein bekannt war. Bis auf Randolph wusste es jeder." Ich setzte ein listiges Gesicht auf. „Zumindest täuschte er das vor! Aber was, wenn er es doch wusste und sich bloß verstellt hat? Dann hätte Randolph ein Mordmotiv gehabt."

„Aber ich wusste es wirklich nicht", heulte Randolph und warf seiner Frau klägliche Blicke zu. „Ist das tatsächlich wahr, Barbara?"

Frau König starrte gleichgültig zu Boden.

„Was für ein Schauspiel!", sagte ich. „Ja, Randolph hatte ein starkes Motiv. Nehmen wir einfach einmal an, dass er die Wahrheit über Elisa herausfand. Dann wäre er bestimmt früher oder später auf den Trichter gekommen, dass seine Kuckuckstochter ihn irgendwann beerben würde und dass sie das einzige Bindeglied zwischen Derrick und seiner Frau war – und dass er Elisa bloß umbringen musste, um Barbara endlich allein zu besitzen."

„Aber weshalb hat er Dascha getötet?", fragte Liz.

„Weil das Mädchen herausfand, was er getan hatte", antwortete ich trocken. „Und weil es ihm – egoistisch, wie er war – einzig und allein um einen männlichen Erben ging."

„Und Leon?", fragte Lotte kläglich.

„Den hat der Bettler auf dem Gewissen."

„Aber so war es nicht", rief Randolph. „Ich bin unschuldig, das müssen Sie mir glauben!"

Ich wandte mich wieder an den Fremden.

„Kommen wir nun zum nächsten Verdächtigen. Was wissen Sie über Dr. Derrick Brockweber?"

„Den attraktiven Schürzenjäger?"

Die Stimme des heruntergekommenen Mannes schnarrte wie eine Klapperschlange.

„Als der Arzt jung war, hat er alles gevögelt, was nicht bei drei auf den Bäumen war. Liz Schneider ist ihm nachgelaufen und Barbara König ebenfalls. Aber obwohl er Elisa gezeugt hat, heiratete er Samantha Brooks."
Ich drehte mich um.
„Absolut richtig", sagte ich. „Und genau deshalb hat er ebenfalls ein Motiv gehabt. Denn durch die Schuld seiner Tochter Elisa starb seine andere Tochter Zoe. Ich halte es durchaus für möglich, dass Derrick glaubte, dass Elisa Barbaras Irrsinn geerbt hatte. Und dass er sie deshalb getötet hat. Später brachte er dann auch noch Dascha um, weil sie ihm auf die Schliche gekommen war."
Brockweber schüttelte den Kopf.
„Fantastereien!", schimpfte er.
„Das werden wir sehen", lächelte ich und fragte den Bettler als Nächstes nach Samantha.
Der Mann ließ sich nicht zweimal bitten.
„Angeblich ist Brockwebers Frau beinahe durchgedreht, als sie rausfand, dass ihr Mann, der ständig an Barbara König klebte, mit ihr eine Tochter hatte. Ja, Samantha schäumte vor Wut. Für sie ist Barbara nicht nur eine Rivalin, sondern sogar eine Todfeindin."
„Dieser Meinung bin ich ebenfalls", erwiderte ich, „und darin liegt auch schon ihr Mordmotiv begründet. Samantha hatte sogar zwei! Erstens hätte sie die außereheliche Brut ihres Mannes allein deshalb ermorden können, weil ihre Tochter Zoe durch Elisas Schuld erstickt war. Und zweitens wäre es verständlich, wenn sie das einzige Bindeglied zwischen Derrick und Barbara zerstören wollte. Ich gebe zu bedenken, dass Frau Brockweber Chemikerin ist – Samantha kennt sich also mit Giften aus und sie weiß, wie man Schlaf- und Brechmittel dosiert."

Samantha nickte. „Das stimmt alles. Ich hatte eine irrsinnige Wut auf Elisa. Aber umgebracht habe ich sie nicht!"
„Dann kommen wir jetzt zu Lotte Lehmann", meinte ich und fragte den Bettler: „Was wissen Sie über die Kinderfrau?"
„Frau Lehmann ist Witwe. Sie steht seit vielen Jahren in den Diensten der Königs und lebt selbst ein völlig bescheidenes, zurückgezogenes Leben."
Ich drehte mich zu Lotte um.
„Ja, das sind Sie wirklich, Frau Lehmann: eine völlig bescheidene, zufriedene, zurückgezogene Witwe, die ihr Leben in den Dienst anderer stellt. Aber was sind das bloß für Leute? Ein Kapitalist ohne Moral sowie seine kaputte Gattin, die sich nicht mal für ihre eigenen Kinder interessiert und ihren Mann belügt. Gut möglich, dass Sie nach Jahren im Dienst dieser Menschen, die Ihnen nur ein äußerst dürftiges Gehalt gezahlt haben, die Schnauze voll hatten und durchgedreht sind. Wer weiß, was in Ihrem Kopf vorgeht?"
Ich musterte die Kinderfrau und sah, dass sie zu Boden schaute, während sie bittere Tränen weinte.
Liz tätschelte die Hand der Amme und ich fragte den Bettler als Nächstes nach der Tante. „Was wissen Sie über Elisabeth Schneider?"
„Liz ist die Schwester von Frau König", schnarrte die unangenehme Stimme des Bettlers. „Sie studiert Medizin und war mal scharf auf Dr. Brockweber. Aber Barbara hat sie zurückgepfiffen, weil sie den Arzt für sich allein haben wollte. Liz fühlt sich schuldig, weil Derrick daraufhin nach Amerika ging, wo er Samantha kennenlernte. Deshalb tut sie alles, um sich wieder bei ihrer Schwester

einzuschleimen, aber Barbara hilft ihr nicht mal finanziell, wenn Liz in der Bredouille steckt."
„Und genau deswegen hat Liz ein starkes Mordmotiv", sagte ich und musterte die junge Frau. „Man muss sich das mal vorstellen: Jahrelang rennt sie Barbara hinterher, tut ihr jeden Gefallen und erntet nichts als Gleichgültigkeit. Ja, irgendwann könnte Liz, die sich auf Tropenmedizin spezialisiert hat, durchgedreht sein und ihre Nichten ermordet haben."
Der Bettler nickte und ich fragte ihn nach Heinrich.
„Der Alte ist ein Nazi", erklärte der Fremde. „Außerdem hat er Demenz. Nur die wenigsten wissen, dass er nicht komplett gelähmt ist."
Ich stimmte ihm zu.
„Das habe ich ebenfalls herausgefunden. Heinrich König hält seinen Sohn für einen Schwächling und er wusste haargenau, dass ihm seine Schwiegertochter, die er aufgrund ihres kränklichen Zustands komplett verachtet, Elisa untergejubelt hatte. Ich halte es durchaus für möglich, dass Heinrich das vor Kurzem herausfand und Elisa umbrachte, damit sein Erbe nicht an ein Kuckuckskind fällt. Es wäre nicht sein erster Mord gewesen – Heinrich hat mir selbst gesagt, dass er aus eigener Erfahrung wisse, dass einem Verbrecher der zweite Mord schon viel leichter fällt als der erste. Ja, als ihm Dascha auf die Schliche kam, könnte er auch sie getötet haben."
„Denken Sie doch, was Sie wollen", rief der Alte und spuckte auf den Boden. „Ich kannte die Mädchen überhaupt nicht. Wer ist diese Elisa? Und wer ist diese Dascha? Und wo bin ich überhaupt?"
Ich wandte mich wieder an den Bettler.
„Ihre Meinung über Jerry Brockweber?"

„Jeremias ist der Sohn von Samantha und einem Mann, der in Rikers Island einsitzt. Bill Brooks ist wegen verschiedener Delikte im Gefängnis und genau wie sein Vater hat auch Jeremias schon mit Drogen gedealt. Der Junge war anwesend, als Elisa seiner Schwester Zoe eine Murmel gab, an der sie erstickt ist. Laut Jeremias hatte Elisa die Idee mit dem Murmelweitspucken, aber Dascha meinte, dass Elisa behauptet habe, dass es Jerrys Idee war."

Ich musterte den Teenie und erntete einen bösen Blick.

Mit ernster Miene sagte ich: „Ja, Jerrys Verhalten ist tatsächlich irritierend. Und natürlich hat er ebenfalls ein Mordmotiv. Vielleicht hat er Elisa getötet, weil seine Schwester durch ihre Schuld umkam. Vielleicht glaubte er aber auch, was Elisa selbst über sich dachte: dass sie ein böses Mädchen war. Und falls es so war, hat er Dascha anschließend ebenfalls getötet, weil sie zu viel wusste."

Mein Blick glitt über die Köpfe der Leute.

„Damit haben wir alle durch – bis auf jenen Menschen, auf den alles zurückgeht. Was wissen Sie über Barbara König?"

Der Bettler musterte Barbara.

„Frau König sitzt in einem goldenen Käfig. Eigentlich wollte sie Derrick haben, aber bevor sie ihm sagen konnte, dass sie schwanger mit Elisa war, heiratete er in Las Vegas. Seine Ehe mit Samantha trieb Barbara in Randolphs Arme. Sie jubelte ihm Elisa unter und schenkte ihm zwei weitere Kinder. Vor Kurzem wurde Leon, der gewünschte männliche Erbe, geboren. Das entband Barbara von weiteren Pflichten. Außerdem ist Frau König depressiv, vergesslich und selbstmordgefährdet."

„Das ist sie tatsächlich", entgegnete ich. „Zumindest, wenn man dem glaubt, was sie uns glauben lassen will.

Aber ist sie tatsächlich unschuldig? Sämtliche Indizien – darunter der Ohrring und Barbaras Teilgeständnisse – sprechen gegen sie. Doch leider sehe ich ausgerechnet bei unserer Hauptverdächtigen kein Mordmotiv. Aber wie passt das zusammen? Weshalb hat die einzige Person, gegen die alles spricht, keinen Grund für die Morde? Kennen Sie die Antwort?"
Der Bettler nickte.
„Und würden Sie sie uns jetzt bitte verraten?"
Der Fremde nickte noch einmal.
„Wie Sie bereits gesagt haben, läuft alles auf Frau König hinaus. Sie scheint im Zentrum der Morde zu stehen. Aber in Wahrheit ist genau das der ‚Zaubertrick' des Mörders – oder anders ausgedrückt: eine riesige Täuschung. Wenn Sie mich fragen, geht es bei diesem Fall um ..."
Er flüsterte mir einen Namen ins Ohr und ich nickte innerlich.
Lächelnd drehte ich mich zu den Verdächtigen um und sagte: „Der Bettler hat recht. Solange man die Kindermorde ausschließlich in Bezug zu Barbara setzt, stößt man nur auf Widersprüche. Aber wenn man die Verbrechen aus einer anderen Perspektive betrachtet, ist auf einmal alles ganz logisch. Denn im Zentrum dieser Morde steht nicht etwa Barbara, sondern Randolph König."
Der Fabrikant wirkte verdutzt.
„Ich? Wie meinen Sie das?"
„Ganz einfach", entgegnete ich lächelnd. „Jemand wollte sich an Ihnen rächen."

Meine Worte schlugen ein wie eine Bombe.
Auf einmal lag Hochspannung in der Luft.
Derrick setzte sich aufrecht hin.

Samantha riss die Augen auf.
Lotte rutschte hin und her.
Liz knabberte an ihren Fingernägeln.
Jerry legte tatsächlich sein Handy beiseite.
Barbara blickte verdutzt drein.
Heinrich erwachte.
Und Randolph, um den sich alles drehte, polterte erneut: „Wie meinen Sie das?"
Ich setzte ein harmloses Lächeln auf.
„Genau so, wie ich es vorhin angedeutet habe: Solange man die Verbrechen einzig und allein aus Barbaras Perspektive sieht, kommt man keinen Schritt weiter. Aber wenn man sie als Racheakt betrachtet, ergibt plötzlich alles einen Sinn. Man muss nur" – ich tippte an meine Stirn – „über die kleinen Merkwürdigkeiten nachdenken, statt sich auf die großen Rätsel zu stürzen. Psychologie, verstehen Sie?"
Samantha schüttelte den Kopf. „Nein, wie meinen Sie das?"
„Nun", sagte ich und lehnte mich vor. „Sie müssen sich unseren Mörder wie einen Regisseur vorstellen. In seinem Theaterstück gibt es jede Menge Rätsel, beispielsweise das Mysterium des verschlossenen Zimmers. Hat jemand eine Ahnung, warum?"
Liz runzelte die Stirn.
„Damit wir uns darauf konzentrieren?"
„Nicht nur das", entgegnete ich. „Vielmehr will der Regisseur, dass wir uns darüber den Kopf zerbrechen und am Ende so verwirrt sind, dass wir die einfachste Lösung akzeptieren, obwohl es Widersprüche gibt. In diesem Fall wäre das die Erklärung, dass Barbara die Mörderin ist. Aber meine Methode" – ich prahlte selbstzufrieden

– „besteht darin, sämtliche Rätsel beiseitezuschieben und mich stattdessen auf die kleinsten Merkwürdigkeiten zu stürzen – oder anders ausgedrückt: winzige Abweichungen von der Normalität zu hinterfragen, die wir anstandslos akzeptieren. Denn wenn wir die Antwort darauf kennen, knacken wir auch die großen Rätsel. Meine Methode lautet PPT – Pars pro Toto. Das bedeutet, dass eine kleine Sache für das große Ganze steht."
Lotte stutzte. „Aber welche Kleinigkeiten meinen Sie?"
Ich lächelte.
„Beispielsweise die Frage, warum Randolph Barbara die Ohrringe vor dem Dinner gegeben hat, obwohl die Bescherung erst um 20 Uhr – also erst nach dem Dinner – stattfinden sollte."
Derrick grinste.
„Als ob das wirklich wichtig wäre. Er wollte nicht so lange warten."
Ich musterte Randolph.
„Stimmt das, Herr König?"
Der Fabrikant schüttelte den Kopf.
Auf einmal wirkte er nachdenklich.
Ich ergriff erneut das Wort: „Vor einigen Tagen habe ich Randolph bereits nach dem Grund gefragt – und gleich wird er ihn uns verraten. Aber bevor es so weit ist, möchte ich Ihre Aufmerksamkeit noch auf eine weitere Merkwürdigkeit richten – und zwar auf die Frage, warum Elisa vor der Bescherung sagte, dass es heute eine ‚Überraschung' geben werde, und weshalb Dascha am Tag der Trauerfeier meinte, dass sie ein ‚Geheimnis' herausgefunden habe."
„Die Antwort darauf kenne ich", entgegnete Jerry. „Elisa war aufgeregt, weil sie zum ersten Mal nach Zoes Unfall

wieder meine Eltern treffen würde. Und Dascha wollte einfach prahlen."
Ich schüttelte den Kopf.
„Das meine ich mit Widersprüchen, die wir zu schnell akzeptieren. Wenn es wirklich so gewesen wäre, dass Elisa aufgeregt war, weil sie die Brockwebers wiedersehen würde, hätte sie doch wohl kaum von einer ‚Überraschung' gesprochen – oder?"
Samantha nickte. „Das ist wahr."
„Aber wieso benutzt ein kleines Mädchen dann einen solchen Ausdruck?"
Liz dachte nach.
„Vielleicht, weil ihr jemand gesagt hat, dass es eine Überraschung gibt?"
„Bingo!", entgegnete ich. „Und jetzt komme ich wieder zu Randolph König, der seiner Frau zwei Stunden vor der eigentlichen Bescherung sein Geschenk überreicht hat. Bitte verraten Sie uns jetzt, warum Sie das getan haben, Herr König."
Der Fabrikant nickte. „Es war Lottes Idee."
„Stimmt das, Frau Lehmann?"
Lotte bejahte. „Aber daran ist doch nichts komisch. Ich fand, es war eine gute Idee, weil Randolph Barbara damit aufheitern konnte. Sie wissen schon – weil sie so oft deprimiert ist."
Ich applaudierte.
„Bravo, Frau Lehmann, das ist eine Erklärung – und schwuppdiwupp ist die kleine Merkwürdigkeit aus der Welt. Aber ich habe noch eine Frage: Wie gut kennen Sie Ihre Dienstherrin?"
Lotte lächelte. „Ich bin Barbaras engste Vertraute."

Nickend stimmte ich ihr zu. „Ja, das sind Sie wirklich. Sie haben Barbara aufgebaut, wenn es ihr schlecht ging. Sie haben Barbara unterstützt, wenn sie überfordert war. Und, am allerwichtigsten, Sie haben ihr die Arbeit mit den Kindern abgenommen. Deshalb frage ich Sie jetzt noch mal: Wieso haben Sie geglaubt, dass sich Barbara über Randolphs vorzeitiges Geschenk freuen würde, obwohl Sie als engste Vertraute wissen, dass Frau König zutiefst von ihrem Mann angewidert ist – und somit auch wissen mussten, dass die Ohrringe sie bestimmt nicht aufheitern würden?"

Die Kinderfrau rutschte hin und her.

„Nun, man kann sich doch mal irren. Die Idee kam mir spontan."

Ich stand ruckartig auf und trat direkt vor sie.

„Und genau das", sagte ich, während ich mit meinem Zeigefinger auf sie zeigte, „glaube ich Ihnen nicht."

Ich wandte mich an die anderen Leute.

„Jetzt noch mal zurück zu der Frage, warum Elisa gesagt hat, dass es an Heiligabend eine Überraschung geben werde."

Heinrich ballte seine Faust. „Weil es ihr jemand gesagt hat", wiederholte der Greis, „aber das wissen wir doch schon."

„Und wer ist dieser Jemand, der den Kopf der kleinen Elisa manipulieren konnte, weil er täglich mit ihr zu tun hatte?", fragte ich provozierend.

Die Leute blickten Lotte an.

„Und wer ist dieser Jemand, der am Abend vor Elisas Trauerfeier Zugang zu Dascha hatte und dem Mädchen den Floh ins Ohr setzen konnte, dass sie bloß sagen

müsse, dass sie eine kleine Detektivin ist, die ein Geheimnis herausgefunden hat?"
„Ebenfalls Lotte", sagte Barbara tonlos. „Aber bedeutet das etwa, dass meine Lotte …?"
Frau König blickte mich fragend an und ich wandte mich an Frau Lehmann.
„Wollen Sie ihr die Antwort geben?"
Die Miene der Kinderfrau veränderte sich.
Auf einmal sah Lotte eiskalt aus.
„Ja, es stimmt", sagte sie hasserfüllt, während Groll und Goulue ihre Waffen auf sie richteten. „Ich wollte mich an Randolph rächen. Und deshalb habe ich die Mädchen getötet. Aber für Leons Tod bin ich nicht verantwortlich."
Ich blickte mich triumphierend um.
„Dazu kommen wir später. Sie haben es gerade selbst gehört, liebe Anwesende: Lotte hat die Mädchen erstickt. Aber warum hat sie das getan? Um Lottes Motiv zu verstehen, muss man erst in ihre Gedankenwelt eintauchen – und genau das habe ich getan."
Die Leute blickten mich fragend an und ich rief grimmig: „Als ich wusste, dass Lotte Randolph geraten hatte, Barbara die Ohrringe vorzeitig zu schenken, wusste ich, dass die Ohrringe von Anfang an ein Teil ihres mörderischen Plans waren. Inzwischen wissen wir alle, dass es so war, schließlich war es ein Ohrring, der Barbara als Mörderin überführte. Verstehen Sie jetzt, was ich meine? Als Lotte in mein Visier geriet, wurde sie auf einmal verdächtig – und ich hinterfragte, ob es wirklich Zufall war, dass sie dem Bettler ‚als Erste in die Arme gelaufen' war, weil sie angeblich ein Geräusch gehört hatte."
Die Anwesenden starrten mich an und ich fuhr fort: „In Wirklichkeit hatte sie gar nichts gehört, sondern es bloß

behauptet, damit sie einen Grund hatte, aufzustehen und auf den Liftknopf zu drücken. Ja, Lotte ließ den Bettler rein – und als sich alle auf ihn konzentrierten, versetzte sie Elisas Pudding mit einem vorbereiteten Mix aus pulverisierten Mandeln, einem Brechmittel und einem Schlafpulver."

Liz fuhr auf.

„Aber dazu muss sie den Bettler ja gekannt haben, oder?"

Ich nickte und wandte mich an den Fremden.

„Möchten Sie den Herrschaften sagen, wer Sie sind?"

Der heruntergekommene Mann nickte.

„Ich bin Lottes Vater. Vor zwei Monaten hat mir meine Tochter gesagt, dass ich an Heiligabend zum Strandweg kommen müsse. Angeblich würden sich ihre Arbeitgeber über ein Weihnachtsständchen freuen und ordentlich was springen lassen, wenn ich mittellos aussähe. Ein paar Stunden vor meinem Auftritt hat sie mein Gesicht geschminkt und mir einen Blutschwamm aufgemalt, weil sie meinte, dass das mitleiderregend wirke und ich so gewiss mehr Geld bekommen würde. Außerdem gab sie mir ein paar Böller, die ich um Punkt 18.25 Uhr in einer Mülltonne explodieren lassen sollte, um an dem Pförtner vorbeizukommen. Sobald ich vor dem Lift stünde, würde sie mich über die Videoanlage sehen und mich hochfahren lassen."

Der Bettler kratzte sich am Kopf.

„Außerdem meinte meine Tochter, dass es sein könne, dass der Hausherr wütend wird und mich eventuell sogar beschimpft. Aber am Ende des Tages würde ich von ihr 500 Euro bekommen – vorausgesetzt, dass ich nicht verrate, dass ich Lottes Vater bin. Und daran habe ich mich gehalten."

Dr. Brockweber war irritiert.
„Aber weshalb haben Sie sich nicht gemeldet, als Sie überall gesucht wurden? Sie müssen doch mitbekommen haben, dass Elisa König gestorben war."
Der Bettler schüttelte den Kopf.
„Ich lebe in Harburg und habe nicht mal einen Fernseher. Für mich ist es nur wichtig, dass ich immer genug zu trinken habe. Auf das, was an Heiligabend passiert ist, bin ich erst aufmerksam geworden, als ich einen Anruf von dieser Person von der Kirche bekam."
Er deutete auf mich und ich fuhr fort: „Als ich wusste, dass Lotte Randolph geraten hatte, Barbara die Ohrringe früher zu schenken, konnte ich kombinieren, dass sie auch verantwortlich für den Auftritt des Bettlers gewesen war. Um auf die Spur dieses Mannes zu kommen, musste ich bloß beim Einwohnermeldeamt anrufen und fragen, ob sie einen nahen männlichen Verwandten hat. Als ich ihn besuchte, erzählte er mir alles."
„Aber warum wurde der Mann nicht gefunden, obwohl es ein Phantombild gab?", fragte Jerry.
Ich lächelte zynisch.
„Weil dieses Phantombild die Gemeinschaftsarbeit aller Augenzeugen war, die den Auftritt des Bettlers miterlebt hatten – und weil Lotte Lehmann zwei überaus effektive Tricks angewandt hatte: Erstens hatte sie ihm einen Blutschwamm aufgemalt und zweitens hatte sie das Kinn auf dem Phantombild etwas runder gemacht, damit es nicht an ihr eigenes, herzförmiges Gesicht erinnerte."
Jerry schlug sich vor den Kopf.
„Deshalb hatte ich das Déjà-vu! Als Lotte an Heiligabend vom Lift auf mich zulief und der Bettler 30 Sekunden später hinter ihr erschien, kam es mir unbewusst so vor, als

ob ich diese Situation schon mal erlebt hätte – weil sich die beiden minimal ähnlich sahen."
„Absolut richtig", bestätigte ich.
„Aber was ist nun mit den verdammten Ohrringen?", fragte Barbara, während sie Lotte mit Abscheu betrachtete. „Hat Lotte was damit zu tun?"
Ich nickte.
„Ein Besuch bei Juwelier Wempe ergab, dass Randolph, der seine Geschenke für Barbara nie selbst kaufte, Lotte – wie üblich – mit dem Kauf von sündhaft teurem Geschmeide beauftragt hatte. Wie jedes Jahr sollte sie auch diesmal 40 000 Euro ausgeben."
Mein Blick flog über die Köpfe der Leute, die mich gespannt ansahen.
„Der Kauf der auffälligen Ohrringe war Lottes teuflischster Trick. Bereits sechs Monate vor Heiligabend nahm sie einen Kredit auf, für den sie 300 Euro im Monat abstottert. Lottes Kreditsumme beläuft sich auf 42 000 Euro – und damit exakt auf den Kaufpreis der teuren Ohrringe."
„Heißt das, sie hat sie ebenfalls erworben?", fragte Randolph.
„Ja", sagte ich grimmig. „Lotte kaufte die Ohrringe, weil sie wusste, dass Randolph sie kurz vor Weihnachten wie in jedem Jahr mit dem Kauf eines Geschenks für Barbara beauftragen würde. Die Verkäuferin hat mir bestätigt, dass die diamantenbesetzten Schmuckstücke zweimal über die Ladentheke gegangen waren."
„Aber weshalb hat sie die Schmuckstücke auch gekauft?", fragte Liz.
„Weil es einen Austausch gab! Sie müssen sich den Ablauf des Verbrechens so vorstellen: Während der alkoholisierte Bettler singt, manipuliert Lotte Elisas Pudding

– und tatsächlich hat das Mädchen kurz darauf einen allergischen Anfall. Wegen des zusätzlich untergemischten, rezeptpflichtigen Brechmittels und des Schlafpulvers wird das kleine Mädchen müde. Dann beginnt das Feuerwerk und Lotte schleicht sich zu Elisa. Sie wirft ein paar Dinge um, damit es später nach einem Kampf aussieht, erstickt das schlafende Mädchen und legt einen ihrer Ohrringe in Elisas Hand, bevor sie den Schlüssel von innen ins Schloss steckt – und ihn von außen mit einer Pinzette umdreht."

„Geht so was wirklich?", fragte Jerry.

Ich nickte.

„Zugegeben, es erfordert ein gehöriges Maß an Geschicklichkeit. Aber dass Lotte blitzschnell mit einer Pinzette umgehen kann, habe ich selbst beobachtet, als sie kleine Schottersteinchen aus Daschas Hand entfernt hat. Nach Elisas Ermordung eilte Frau Lehmann nach draußen und kehrte erst zum Tatort zurück, als Randolph die Tür sprengte."

„Aber zu diesem Zeitpunkt muss Barbara doch noch beide Ohrringe getragen haben", meinte Samantha.

„Das hat sie auch", erwiderte ich grimmig, „aber natürlich hat im Eifer des Gefechts niemand darauf geachtet – außer Lotte. Sie müssen unbedingt bedenken, dass es Lotte war, die Barbara auffing, als die Mutter ihr totes Kind erblickte. Und ehe Sie fragen: Wenn Barbara nicht zusammengebrochen wäre, hätte Lotte sie bestimmt umarmt, um sie zu trösten. Während Frau Lehmann Frau König umarmte, hat sie den Verschluss des Ohrrings gelöst und ließ diesen in ihre Hosentasche gleiten. Nun gab es nur noch zwei Ohrringe: den einen in Elisas Hand und den anderen an Barbaras Ohr."

„Doch was geschah mit dem dritten?“, fragte Randolph. „Die Kripo hat doch alles durchsucht.“
„Den warf Lotte in die Elbe.“
„Aber wieso wurden nirgendwo Lottes Fingerabdrücke gefunden?“, fragte Derrick.
„Weil sie Mamies Nitrilhandschuhe stahl, als alle auf den Bettler achteten. Und weil sie die Handschuhe später mit dem Luftballon vom Winterdom entsorgte. Ja, Lotte Lehmann ist äußerst geschickt, wenn es darum geht, andere Menschen zu manipulieren und Spuren zu verwischen und den Verdacht auf andere zu lenken. Als sie die Nitrilhandschuhe stahl, kam ihr gleichzeitig die Idee, Heinrich die Mandelpackung zu geben.“
Ich wandte mich an Liz.
„Hat Lotte Ihnen geraten, die Puddingschälchen in die Spülmaschine zu stecken – weil der Verdacht ansonsten auf Barbara fallen könnte?“
Die Patentante nickte.
„Und dafür war ich ihr auch noch dankbar. Denn ich konnte ja nicht ahnen, dass ich mich dadurch verdächtig machen würde.“
„Dabei war genau das der Plan“, erklärte ich den Leuten. „Lotte kannte sämtliche Schwächen und sie wusste genau, wie sie den Verdacht geschickt auf andere lenken konnte. Als mir alle erzählten, dass sie glaubten, dass der Bettler Elisa getötet hatte, war es einzig und allein Lotte, die Derrick beschuldigte. Angeblich, so die Kinderfrau, fand sie ihn verdächtig, weil er Barbara ständig was spritzte. Und später, nachdem Dascha gestorben war, behauptete sie, dass Samantha Barbara gedroht hätte. Damals log sie mir vor, dass sie ein Gespräch belauscht hätte, in dem Samantha gesagt haben soll: ‚Wenn du nicht aufhörst, dich

an Derrick zu klammern, verrate ich Randolph die ganze Wahrheit.'"

Ich blickte in die Runde.

„Ja, Lotte führte mich auf eine falsche Spur, indem sie mir weismachte, dass Elisas Ermordung mit Barbara und Derrick zu tun hatte."

„Doch warum musste Dascha sterben?", fragte der Fabrikant.

Ich seufzte.

„Daschas Tod war ebenfalls seit langem geplant – Sie hätten ihn nicht verhindern können. Lotte brachte Dascha dazu, zu behaupten, dass sie ein Geheimnis herausgefunden hätte. Wahrscheinlich redete sie dem Mädchen ein, dass es diese Lüge nur oft genug wiederholen müsse, bis jemand alles gestehen würde – und dass es die Leute knipsen sollte. Apropos Fotos: Auf den Bildern ist deutlich zu sehen, wie viel Einfluss Lotte auf Dascha hatte. Sie hat als Einzige ständig gelächelt. Aber in Wirklichkeit wollte Frau Lehmann bloß erreichen, dass es so aussehen würde, als wäre Dascha getötet worden, weil sie tatsächlich etwas herausgefunden hatte. Und wie bereits beim ersten Mal lenkte sie den Verdacht auch diesmal auf Barbara, indem sie Dascha an dem Tag umbrachte, als Frau König aus dem Knast kam."

Ich blickte Lotte Lehmann an.

„Sie konnten nur hoffen, dass Dascha nicht verraten würde, dass Sie ihr den Floh mit dem ‚Geheimnis' ins Ohr gesetzt hatten. Mehrere Leute fanden ihr Auftreten damals irritierend. Ich erinnere mich noch genau an Samanthas Worte: ‚Dascha hat bestimmt bloß so geprahlt, weil sie uns aufmuntern wollte. Stundenlang derselbe Spruch! Ihr Verhalten war doch total künstlich.'"

Samantha nickte und ich fuhr fort: „Ja, die Leute fanden Daschas Geplauder seltsam – aber dass es tatsächlich ein einstudierter Ohrwurm war, habe ich erst verstanden, als mir die Juwelierin erzählte, dass sie einen Ohrwurm hatte."

Ich wandte mich an Lotte.

„Zu Ihrem Glück hat Dascha nicht ausgeplaudert, dass Sie ihr den Floh ins Ohr gesetzt hatten. Aber kurz darauf waren Sie gewiss ziemlich erschrocken, als Dascha bei Tisch eine Zeichnung anfertigte."

Die Kinderfrau starrte mich böse an und ich fuhr fort: „Auf einmal zeichnete Dascha das Porträt des Bettlers und sagte, dass er in Wirklichkeit ein ‚lieber Onkel' sei."

Ich wandte mich an Lottes Vater. „Kannten Sie Dascha?"

Der Alkoholiker nickte. „Das Mädchen hat mich mal vor etwa einem Jahr gesehen, als Lotte und sie mich zufällig trafen."

Ich nickte triumphierend.

„Als Dascha das Bild zeichnete, war Lotte sofort klar, dass sie es an sich bringen musste, weil man auf der Zeichnung sah, dass der Bettler in Wirklichkeit ein anderes Kinn als das auf dem manipulierten Phantombild hat. Aber zu Lottes Pech hatte Dascha Mamie die Zeichnung bereits gegeben, damit die Köchin sie aufbewahrte."

„Doch wie ist es Lotte gelungen, Dascha unbemerkt umzubringen?", fragte Jerry.

„Ganz einfach", entgegnete ich wütend. „Sie wiederholte ihr Kunststück mit dem Ablenkungsmanöver. Diesmal jedoch kam kein Bettler. Stattdessen hat Frau Lehmann mich mit dem Tee ausgeknockt."

„Und wie ist ihr das gelungen? Schließlich haben Jerry und ich doch auch davon getrunken", fragte Liz.

Ich lächelte.
„Hierbei bestand der Trick darin, dass sie mich nicht gezielt ausknocken wollte. Lotte schüttete einfach ein bisschen von dem durchsichtigen Brechmittelliquid auf den Boden einer der Rosentassen, die anschließend verteilt wurden. Anschließend gab Pierre den Tee dazu. Dass es mich erwischt hat, war Pech."
„Doch wie konnte Lotte den Mord begehen?", wollte Heinrich wissen.
Ich nahm den Alten ins Visier.
„Dazu hat sie Sie benutzt. Während des allgemeinen Gewusels schob sie Sie zu Daschas Tür und tat so, als ob sie Sie davon abhalten wollte, Dascha aufzusuchen. Doch in Wirklichkeit wartete sie bloß darauf, dass Jerry und Samantha Daschas Zimmer verließen. Als sie weg waren, fixierte sie Ihren Rollstuhl auf dem Flur, erstickte Dascha, stritt wieder mit Ihnen und brachte Sie zurück in die Küche. Denn aufgrund Ihrer Demenz konnte sie sicher sein, dass Sie bis zur Entdeckung von Daschas Ermordung die Details des Streits und die Tatsache, dass Sie gar nicht bei Dascha gewesen waren, vergessen haben würden. Selbst wenn Sie sich erinnert hätten, hätte Ihnen niemand geglaubt. Damals hat Lotte gesagt: ‚Der Alte hat sich furchtbar benommen. Er hat die Kleine grundlos beschimpft. Ich habe überhaupt nicht verstanden, worum es dabei gegangen ist – und ja, ich konnte ihn kaum aus dem Kinderzimmer schieben, so sehr hat er sich gesträubt und gewehrt. Aber am Ende ist es mir zum Glück gelungen.'"
Heinrich staunte und ich nickte. „Sie waren Lotte Lehmanns Komparse – genau wie ich."
„Inwiefern Sie?", fragte Liz Schneider.

„Einerseits, indem sie mich ausknockte. Und andererseits, indem sie mir erzählte, dass sie glaubte, dass Dascha in Gefahr war. Ja, auch das war ein perfektes Ablenkungsmanöver. Denn wer kommt schon auf die Idee, dass die Person, die alle warnt, in Wirklichkeit die treibende Kraft ist?"

„Und was ist mit Leon?", erkundigte sich Jerry.

Ich lächelte.

„Der Junge ist wohlauf. Als ich wusste, mit wem wir es zu tun haben, ahnte ich, dass Lotte noch mal zuschlagen würde. Deshalb habe ich dafür gesorgt, dass der Richter Barbara freiließ, damit sie an der Trauerfeier teilnehmen konnte. Außerdem habe ich Lottes Vater aufgesucht und ihn gebeten, in der Kapelle aufzutreten. Ja, Leons Entführung war ein Schauspiel, um das Kind in Sicherheit zu bringen. Barbara wusste Bescheid, und die Polizei war ebenfalls eingeweiht - denn wir mussten befürchten, dass Lotte den Jungen umbringen würde, sobald Barbara frei war. Zum Glück ist Leon in Sicherheit."

Nach dieser Enthüllung breitete sich allgemeine Erleichterung aus und Barbara König dankte Gott.

Einzig Randolph hatte noch eine Frage: „Aber weshalb – um Himmels willen – hat Lotte Lehmann mich so gehasst?"

Ich lächelte.

„Das wird Ihnen jetzt ein Mann verraten, den ich ebenfalls aufgesucht habe. Bei ihm handelt es sich um einen Pfleger aus dem Hamburger Hospiz ‚Haus Holle' auf St. Pauli, in dem Lottes Ehemann vor fünfzehn Jahren starb."

Ich schickte nach dem Mann.

Kurz darauf berichtete uns Bruno, was er über den Fall Lehmann wusste.

„Karl Lehmann war vor fünfzehn Jahren bei uns. Er kam zum Sterben, nachdem er einen missglückten Suizidversuch in Form eines Sprungs von einem Hochhaus unternommen hatte – er war seitdem querschnittsgelähmt und musste künstlich beatmet werden."
„Warum wollte er sich denn umbringen?", fragte Barbara König geschockt.
Ich seufzte.
„Wegen Ihres Mannes", entgegnete ich leise.
Randolph fuhr auf. „Aber ich kenne überhaupt keinen Karl Lehmann! Das muss ein Missverständnis sein."
Ich schüttelte den Kopf und richtete das Wort an Lotte.
„Wollen Sie es ihm sagen?"
Die Kinderfrau nickte.
Und während sich ihr Gesicht in das Antlitz einer Furie verwandelte und ihre Augen hasserfüllt glühten, rief sie: „Mein Mann hat meinen Namen angenommen. Früher hieß er Karl Jäger. Sagt Ihnen der Name etwas, Randolph?"
Der Fabrikant erblasste und sein im Rollstuhl sitzender Vater meinte in einem Anflug von geistiger Klarheit: „Klar kennen wir den Namen. Karl Jäger ging mit Randolph zur Schule. Er war der Schwächling in Randolphs Klasse. Mit achtzehn hat ihm mein Sohn so stark in die Eier getreten, dass ihm ..."
„... beide Hoden amputiert werden mussten", sagte ich traurig.
Lotte nickte.
„Genau! Karl und ich haben uns so geliebt, aber er ist nie darüber hinweggekommen, dass er nicht mehr zeugungsfähig war. Außerdem litt er unter einem Trauma, weil ihn Randolph jahrelang gequält hatte."

Der Fabrikant lachte.
„Heißt das etwa, Sie waren mit ‚Karl, der Hasenscharte' verheiratet? Meine Güte, wie kann man sich bloß in ein solches Opfer verlieben? Der hat doch sogar beim Sprechen gesabbert."
Lotte weinte.
„Ich weiß, dass Sie ihn so genannt haben. Und ich weiß auch, wie sehr Sie und Ihre Clique meinen armen Mann gemobbt haben. Wegen Ihnen war er traumatisiert. Und wegen Ihnen ist er – trotz all meiner Liebe – nie über die Gewissheit hinweggekommen, dass er niemals Kinder würde zeugen können. Ständig hat er gesagt, dass ich was Besseres verdiene – einen Mann, der mir Kinder machen kann. Und am Ende ist Karl" – sie schluckte – „einfach von einem Hochhaus gesprungen. Doch sogar dabei hatte er Pech. Denn wie Bruno bereits gesagt hat, war er anschließend querschnittsgelähmt und landete in einem Hospiz, wo er qualvoll erstickt ist."
„Heißt das, Sie haben meine Töchter erstickt, weil Ihrem Mann dasselbe passiert ist?", fragte Barbara.
Lotte nickte.
„Nach Karls Tod habe ich mich nach Kräften bemüht, in Ihren Haushalt zu kommen, weil ich mich an Randolph rächen wollte. Als es klappte, merkte ich, wie unfähig Sie waren – und machte mich unentbehrlich. Nach und nach erfuhr ich immer mehr über Ihr Verhältnis zu Derrick und Samantha und dass Elisa nicht von Randolph war – sowie, am wichtigsten, dass Sie Randolph so lange Kinder gebären mussten, bis Sie ihm einen Sohn schenken würden. Vor einigen Monaten war es so weit. Am Morgen nach Leons Geburt habe ich sofort einen Kredit aufgenommen und die Ohrringe erworben, weil mein Plan

nun endlich feststand: Ich wollte Randolphs Leben auf dem Höhepunkt seines Glücks zerstören und ihm nach und nach alles nehmen, was Karl und mir niemals vergönnt gewesen war. Zug für Zug sollte Randolph alles genommen werden – seine Töchter, sein Eheglück und sein sehnsüchtig erwarteter Erbe. Ja, ich wollte, dass Randolph ebenfalls vom Hochhaus springt. Und ich wollte von oben zusehen, wenn er unten aufklatscht. Aber leider" – sie richtete das Wort an mich – „sind Sie und Ihre teuflische Intelligenz mir dazwischengekommen. Wer sind Sie überhaupt?"

Sie funkelte mich an und Günther knurrte.

„Das tut nichts zur Sache", erwiderte ich und gab Groll und Goulue einen Wink.

„Sie können Frau Lehmann jetzt abführen. Der Fall ist gelöst."

Eine Stunde später beantwortete ich der Familie und den Brockwebers die letzten offenen Fragen.

„War Zoes Tod wirklich ein Unfall?", fragte Samantha.

Ich nickte.

„Ihre Tochter starb tatsächlich beim Murmelweitspucken. Ob dieses Spiel Elisas Idee war oder Zoes, werden wir wohl nie erfahren – aber Lotte Lehmann kam der Unfall zugute, weil sie Elisas Schuldgefühle anstacheln konnte."

„Und das Brechmittel in Elisas Tee?", erkundigte sich Derrick.

„Das wurde Ihnen von Zoe entwendet", erklärte ich nüchtern, „und Dascha hat es ihr gestohlen. Ja, auch in diesem Fall spielte der Zufall Lotte in die Hände."

Barbara König wiegte Leon.

„Aber hätte das Brechmittel, das Lotte Ihnen in den Tee tat, nicht ebenso gut mich ausknocken können – womit ich ein Alibi gehabt hätte?“

„Nein“, sagte ich und schüttelte den Kopf. „Lotte wusste, dass Sie Kaffee trinken und somit eine weiße Tasse bekommen würden. Deshalb gab sie das Brechmittel bewusst in eine Rosentasse.“

Jerry runzelte die Stirn. „Warum hatte Lotte keine eigenen Handschuhe mitgebracht?“

„Ganz einfach“, erwiderte ich freundlich. „Sie hatte sie vergessen.“

„Und weshalb die Finte mit Leons Entführung? Sie hätten Lotte doch schon früher verhaften können.“

„Falsch“, entgegnete ich. „Wir hatten nur Indizien, aber kein Geständnis. Deshalb mussten wir Lotte in die Enge treiben. Leon in die Kapelle zu bringen war ein kalkulierbares Risiko, weil wir wussten, dass Lotte ihn erst ersticken würde, wenn Barbara da war.“

Barbara lächelte mich zaghaft an.

„Ich bin Ihnen so dankbar. Heute haben Sie die Glocke, unter der ich jahrelang lebte, endlich weggenommen. Ich werde Randolph verlassen und mit Leon ein neues Leben anfangen. Aber eine Sache möchte ich noch wissen …“

„Und die wäre?“, fragte ich.

„Warum haben Sie so viel Geld für die Ohrringe ausgegeben? Und warum musste ich sie heute Abend tragen?“

Meine Miene wurde ernst.

„Weil ich es mir nicht verkneifen konnte, Lotte Lehmanns Gesichtsausdruck zu sehen, als sich der Lift geöffnet hat und Sie mit einem vollständigen Paar Ohrringe ausgestiegen sind. In diesem Moment hat die Mörderin verstanden, dass das Spiel aus war. Für mich war das der

Höhepunkt. Schauen Sie mal ... ich habe diesen Augenblick mit Daschas Kinderkamera festgehalten."
Die Leute scharten sich um mich und wir blickten auf das Display.
Auf dem Bild schlug Lotte die Hand vor den Mund und riss die Augen so weit auf, dass man meinen konnte, sie hätte einen Geist gesehen.
„So sieht eine ertappte Mörderin aus", sagte ich befriedigt.
„Ja, Lotte Lehmann hat jahrelang mit der Geduld einer Spinne auf den Moment gewartet, in dem sie ihr Opfer verspeisen konnte – aber am Ende hat sie sich selbst in ihrem Spinnennetz verfangen."

Drei Wochen später verriet ich Günther, wie die Sache ausgegangen war.
„Lotte Lehmann hat sich im Gefängnis umgebracht. Barbara hat Randolph verlassen und die Scheidung eingereicht. Doch der Fabrikant will mit der Hilfe von Marty Malowsky um den kleinen Leon kämpfen."
Günther kläffte.
Ich blickte ihn erstaunt an.
„Stimmt – woher weißt du das? Heinrich wird vor Gericht gegen seinen Sohn aussagen, damit Barbara das alleinige Sorgerecht bekommt. Übrigens hat sie Derrick endlich losgelassen. Der Arzt und seine Frau gehen nach Amerika."
Günther bellte.
„Ob Jerry mitgeht? Nein, der bleibt hier."
Günther bellte noch einmal und ich tätschelte das Kerlchen.
„Was habe ich bloß für einen klugen Hund! Du hast absolut recht: Er und Liz Schneider sind ein Paar. Das habe

ich mir sofort gedacht, als Liz' Handy pausenlos vibrierte und er ständig mit seinem Smartphone beschäftigt war. Wie bitte? Du willst wissen, warum Jerry an Heiligabend im Bad war? Ganz einfach: Zwischen ihm und Liz lief was und ein paar Tage vor Weihnachten hatte er seine Ex-Freundin sogar wegen Liz verlassen. Aber dann hat er höchstwahrscheinlich irgendein Foto von Liz auf irgendeiner Datingplattform gefunden – und bestimmt trug sie darauf irgendeine aufreizende Perücke. Deshalb wurde Jerry wütend. Er ging ins Bad, bombardierte sie mit Nachrichten und wurde erst besänftigt, als sie ihm später erzählte, dass das Foto bereits älter war."

Günther knurrte und ich nickte ihm zu.

„Klar hätten die beiden eher mit der Sprache rausrücken können, aber du weißt doch, wie Frischverliebte sind. In zwei Wochen wird Jerry siebzehn, dann können Derrick und Samantha Liz nicht mehr wegen Missbrauch eines Minderjährigen belangen. Der Junge bleibt bei ihr. Mal sehen, ob das junge Glück hält."

Günther holte seine Leine.

„Schon gut, schon gut, wir gehen ja. Mal sehen, was heute am Strandweg los ist."

PS: Was sagen Sie da? Ich habe mich Ihnen noch gar nicht vorgestellt?

Und Sie möchten endlich meinen Namen erfahren?

Sie wollen wissen, ob ich vielleicht die silberhaarige Dame von nebenan bin?

Oder der Herr mit dem alten Dackel?

Und was ich alles über Sie weiß?

Okay, ich will es Ihnen sagen: Mein Name ist ...

Nein, bevor ich Ihnen das verrate, muss ich Sie erst besser kennenlernen.
Vielleicht nach unserer nächsten Begegnung.
Und jetzt muss ich los.
Günther zieht schon an seiner Leine.

THE END

DIR HAT DAS BUCH GEFALLEN?

Ich freue mich sehr, dass du mein Buch bis zu dieser Stelle gelesen hast. Wenn es dir gefallen hat, wäre es toll, wenn du ihm bei dem Online-Shop eine Bewertung gibst, bei dem du bestellt hast. Oder du schreibst bei einem deiner Lieblings-Buchportale eine Rezension.

Es ist nicht nur sehr schön, Meinungen zu meinem Buch zu lesen. Außerdem hilft es mir auch dabei, weitere Geschichten zu schreiben und neue Leser für meine Bücher zu finden.

KAMPENWAND VERLAG

DANKSAGUNG

Mein Dank gilt meiner Mutter Marianne Katharina Powelz („Anne“). Dank Anne konnte ich schon im Alter von zwei Jahren Wörter buchstabieren.
Während des Coronalockdowns habe ich sie täglich mit einer frisch verfassten Passage aus diesem Krimi versorgt. Kurz vor der Auflösung war Anne „gespannt wie ein Flitzebogen“.
Ihre Lieblingsfigur in diesem Buch?
Der Dackel namens Günther.
Wuff!

Danke an Johannes Zum Winkel („Der Autorenguide: Ein Reiseführer für Selfpublisher“, Amazon) für seine Tipps.

DAS KÖNNTE DIR AUCH GEFALLEN

Verdorbene Brut

ANDREA REINHARDT

Stell dir vor, du hast die Wahl dein Leben zu retten, oder das eines zwölfjährigen Mädchens. Wie würdest du dich entscheiden? Lena Hader findet die junge Marie, blutverschmiert und abgelegt in einem Feld. Sie rettet das Leben des Kindes, ohne zu wissen, dass damit ihr ganz persönlicher Albtraum beginnt.

Softcover, 516 Seiten, 12,85 €
ISBN 978-3947738359

Mehr unter: www.kampenwand-verlag.de